ATELIER

JO FRANK

GEWALT

ATELIER
EDITION ATELIER WIEN

für D

GEWALT.

Fee, fi, fo, fum
I smell the blood of my second-born son
(A im Traum, seit 1986)

Sage ich Gewalt, meine ich meine Gewalt, meine ich seine.[I, II]

I. Komme immer wieder hierauf zurück, renne immer wieder hiergegen an: Schreibe nicht über Gewalt abstrakt, schreibe über Gewalt konkret. Schreibe über Faust auf Schläfe, schreibe über Fuß auf Handgelenk, schreibe über Knöchel gegen Augenhöhle, schreibe über Knie auf Hals.

Schreiben über Gewalt konkret braucht Denken über Gewalt abstrakt. Schreibe Faust, denke: er – schreibe Schläfe, denke: ich. Schreibe Fuß, denke: er – schreibe Handgelenk, denke: ich. Schreibe Knöchel, denke: er – schreibe Augenhöhle, denke: ich. Er und ich über Körperteile gedacht, Körperteile zuordenbar nach Zugehörigkeit, er und ich getrennt über Körperteile, getrennt über Besitzverhältnisse: seine Faust, meine Schläfe. Besitzverhältnisse, denke ich, und Anzeigen über Sprache, komme auf *besitzanzeigende Fürworte*, schmunzle dabei, weil Deutsch als zweite Sprache gelernt und klingt wie Worte gesprochen mit Heißkartoffel im Mund, wie Worte gesprochen mit Faust im Mund. Was kann Sprache, wenn es Fürworte ohne Widerwort gibt?

Meine, seine, seine, meine, m-eine, s-eine, drehe die Worte zwischen Lippen, Zähnen, Zunge trennt im Mundraum m-ei-ne, s-ei-ne, Diphtonggetrippel zwischen m und s und ne und ne. Und da macht Sprache etwas, was sie hier nicht soll: spielt, beruhigt, lenkt ab. Dabei soll Sprache hier Ordnung, soll Sprache hier doch aufräumen, soll Sprache hier doch kalt. Also zurück: sein Fuß, mein Handgelenk. Sagt etwas über

Besitzverhältnis Körperteile, sagt nichts über Besitzverhältnis Gewalt. Neu ansetzen: Denke: er, denke: ich, denke: wir in der Gewalt, denke: „unsere“, Hand möchte das schon schreiben, Stift greift das auf, aber Hand wird gesperrt und Stift kratzt nur auf, macht Riss in Papier, denkt es hinter Stirnstein Wunde, denkt es Blut, Schorf, Gewebeflüssigkeit, Narbe – Stopp.

Zurück: Unsere. „Unsere“ – nein, nein, nein, dann ist es einfach, dann ist Gewalt zusammen gedacht, Gewalt als Wir gedacht, Gewalt als das gehört zu uns gedacht, aber wie ist es mit den Besitzverhältnissen dann? Sage ich Gewalt, meine ich meine Gewalt, meine ich seine, bedeutet nicht, seine Gewalt ist meine Gewalt. Meine Gewalt ist nicht so seine Gewalt: Denke ich an meine Gewalt, an seine, denke ich mich ohne Beitrag zu Gewalt in der Gewalt. Oder denke Beitrag Zittern, Beitrag Tränen, Beitrag sprachlos Bitten, ohne Beitrag kein Besitz, denke ich dann und gleichzeitig, was ist der Beitrag zu: Dieses Handgelenk, das gerade ans Brechen durch seinen Fuß gebracht wird, gehört mir? Besitz, Besitz, Besitz, und dann: das Pronomen sagt nichts über das Besitzverhältnis aus, sondern über den Besitzer. Er ist Besitzer der Faust, ich Besitzer der Schläfe. Aber wo ist dann Gewalt? Wo ist das, was ich will, wenn ich meine, seine denke, meine, seine schreibe, wo sind Lichtveränderung und Einschlag und Ohnmacht, wo sind Blut und Luftlosigkeit und Betteln und Tränen und wortloses Schreien, wo ist das alles in meine, in seine? Maybe it's everywhere.

Also auffalten.

Jetzt

II. Gewalterfahrung ist nicht interpersonal im Sinne einer Stellvertretung. Vertretung. Repräsentanz. Sage ich Gewalt, meine ich meine Gewalt, meine ich seine. Meine nicht die, die außerhalb von mein und sein Gewalt erleben. Meine Sie nicht, oder Sie. Meine Gewalt, die meine ist und seine.

Seine Gewalt kündigt sich an.[III, IV]

[III.] Seine Gewalt zieht die Lippen über die Zähne, es legt sich ein gekrümmter Zeigefinger zwischen die Lippen[1]. Mit dem Ziehen der Lippen über die Zähne endet Sprache. Diese Sprache. Findet Sprachwechsel statt, es spricht Gewalt: Artikulationsorgane Hände[2], Ellenbogen, Füße, Körpergewicht[3]. Zittern.

[1] *Soothing gestures.* Daumennuckeln, Schnullerersatz. Why does he need soothing? Pacifier. Zitternder Körper, der dem Falschen Trost spendet. Anders vielleicht. Körper, der erschrickt vor dem, was folgt. Sich in der Ankündigung seiner Gewalt in einen Zwischenraum bewegt: Erwachsener in Barbarenpose, Kind, das die Brust vermisst. Erwachsener gewinnt immer.

[2] Schließe die Augen und sehe seine Hände. Olivgrüne Haut, hervorstehende Adern auf den Handrücken, Sehnen tanzen unter der Haut. Handwurzeln rot wie Entzündung, Haare schwarz, die kriechen hoch zu Bergrücken Knöchel. Lange, dünne Finger. Daumen gekrümmt vom Geigehalten. Schließe die Augen und sehe sie. Traumvariationen ungezählt, unerzählt.

Beispiel: Laufe über die Lambeth Bridge, Berliner Grau über Londoner Aussicht, zur Linken House of Lords, Big Ben gerade noch auszumachen, laufe langsam, mag das im Traum, bleibe stehen, schaue rechts Richtung Tate, möchte dorthin, schaue, dann Lichtveränderung. Lichtveränderung, dann Schauen auf die Straße. Keine Autos. Schaue auf Gehweg, niemand zu sehen. Zurück auf die Straße schauen. Lichtveränderung. Da bewegt sich etwas. Brauche einmal, zweimal, dreimal atmen, das zu verstehen: Mittelstreifen Quecksilber, läuft zusammen, verschmilzt zu einer Linie, krümmt seine

Bahn, wölbt sich aus dem Asphalt, Nebenarme platzen aus dem Mittelstrom, verfärben sich blassblau, beginnen zu pulsieren; Asphalt wechselt von Grau zu Olivgrün, Schlaglöcher verfärben sich muttermalbraun, dann aus dem Asphalt überall: Haare. Haare, die bald an meinem Körper hoch: Fersen, Schenkel, Unterleib, Bauch, Brust, Hals, Lippen, Augen, Haare Maisfeld, Haare Wald. Starre. Sehe, dort, wo Gebäude des MI5 hingehören, die Bauten in sich zusammenfallen, nach Schuttstaub sichtbar: olivgrün Handballen. Olivgrün Handfläche. Olivgrün Daumen. Olivgrün Finger. Olivgrünfinger, die sich beugen zur Faust. Drehe mich um, dort nicht mehr Lambeth zu sehen, sehe Oberarm und Schulter, sehe Hals und Kinn, sehe Lippen über die Zähne gezogen. Brücke zu Unterarm geworden, zu seinem, er in Gullivergröße, liegt über der Stadt. Muss hier weg, muss hier runter, Ausweg: Springen. Die Themse kann ja nicht weg sein. Springen, Sicherheit. Aber Springen unmöglich, um mich nur Haare, die versperren die Sicht. Jetzt bricht das Gleichgewicht. Er zieht den Unterarm hoch wie Zugbrücke, renne so schnell ich kann, renne, renne, renne, Haare wie Spießruten, Schnitte jetzt an Fersen, Schenkeln, Unterleib, Bauch, Brust, Hals, Lippen, erreiche Hügel: Handballen, bis Beine nicht stark, bis Beine nicht mehr tragen, greife nach Haar, bevor fallen auf den Bauch, halte mich fest, schwebe bald, aber Hände nass von Schnitten, Hände nass von Schweiß, kann den Griff nicht halten, aufwachen. Letzte Sequenz vor Augen auf: Zweite Hand, der Daumen, der Zeigefinger, die mich wie Tier von Haar zerren, mich zwischen ihnen halten, zudrücken.

Beispiel: Stehe in Hockley Woods, zwischen den Baumstämmen Brise, dick-süßlicher Geruch von Flechten und Moosen, darübergelagert nasse Ledernoten, trockene Birkenbissigkeit. Feuchtes Unterholz, schaue auf den Boden, beobachte Spinnen, Käfer, Ameisen, Doppelfüßer,

Asseln, Schnecken. Beobachte, wie sie graben, stanzen, bohren, schanzen, schaufeln, pflügen, wühlen, ritzen. Lichtveränderung. Beobachte das, setze mich zu ihnen auf den Boden, Schneidersitz. Fuß fährt durch Laub, Zehen zwischen Blättern, Wurzelausläufern. Stört die Tiere. Bewegen sich nicht mehr. Ziehe die Füße zurück, sage das laut, *entschuldigt bitte.* Doch Käferbeinglieder schweben, Wurmsegmente in erfrorener Kontraktion, Asselantennen in gegenläufigem Winkel gefangen, Schneckenspur, die kein Licht reflektiert – Asphalt zwischen Blättern. Beunruhigend: Spinnenborsten, die stehen trotz Brisenluftstrom. Dann Schmerz auf dem Spann. Schauen und das sehen: eine Ameise, die sitzt dort, vermute Biss, schreie *oi!*, finde das kurz lustig, dann Drehverrenkung Ameisenkopf, schaut zu mir hoch. Aufblitzen schwarzer Pupillen, um sie herum blaugraue ozeanische Drehströmung. Und: Statt Greifer, Beißer, Reißer am Kopf – Lippen. Lippen über Zähne gezogen. Schaue auf Ameisenbeine, sehe Schenkel, dreigeteilt, Ameise hält eines hoch wie zur Inspektion. Dort, wo Kralle sein sollte, wächst seine Hand, olivgrün aus Chitinschwarz. Wächst beim Anheben des Beins, plötzliches Fallenlassen dann auf meinen Spann. Schmerz. Hand an Ameisenbein zur Faust geballt. Schaue auf alle Beine, an jeder Spitze seine Hand, die daraus sprießt, die wächst und wächst und jetzt seine zwei, drei, vier, fünf, sechs Mal, sechs Fäuste, die schlagen. Springe auf und Untergrund bewegt sich wieder: Jedes Tier jetzt mit eingezogenen Lippen, jede Kralle seine Hand, die wächst, seine Hand zur Faust geballt, seine Hand, die schlägt Hunderte Male, seine Hand, und das Bild verfärbt sich olivgrün, Hände, die wachsen, Hände wachsen vom Boden wie Pegel Wasser, bald Schläge an Fersen, Schenkeln, an Unterleib, an Bauch, an Brust, an Hals, Hände, die an Lippen, Faust, die eindrückt Zähne, die hochreißt Zunge, Faust, die in Mund, Faust, die in Kehle,

Faust, die in Luftröhre, Faust, die in Bronchien, Faust, die in Lungenflügel, Faust, die in Kapillaren, keine Luft mehr und aufwachen. Letztes Bild vor Augen auf: mein Körper von außen, Finger, die brechen aus meiner Brust.

Beispiel: Schwimme. Schwimme ortlos. Schwimme. Kann das nicht gut. Am Wasser aufgewachsen, nie richtig gelernt. Bewegungen wie Hund. Mag Wasser. Nicht schlimm, dass Schwimmen nicht richtig, nicht schlimm, dass Schwimmen nicht gut. Schwimme, Land nirgends, nur Wasser, nur Wellen, nur weiße Kämme und blau. Hundebewegung heißt auch, Luft durch den Mund über die Zunge, über den Kehlkopf in die Luftröhre, in die Bronchien, in die Lungenflügel. Einatmen. Ausatmen. Luft über die Zunge ziehen schmeckt Salz, schmeckt Eisen, schmeckt Schwefel, Zunge mag den Geschmack. Hundebewegung macht müde, drehe den Körper im Wasser, bis auf Wasser liegen wie Boden, wie Bett, Arme müssen nur nachsteuern, Gewicht verlagern, sonst Körper: Ruhe. In den Himmel schauen und der Himmel blau, der Himmel rot, Wolken, weiß, die ziehen. Wolkenformationen sehen, kleines Alphabet denken: ausgefranst, bauschig, behaart, dicht, durchlöchert, durchscheinend, durchsichtig, faserig, flockig, glatt, grätenförmig, linsenförmig, mandelförmig, neblig, schichtförmig, schleierartig, strahlenförmig, streifenförmig, verflochten, wellenförmig, wogenförmig, zerrissen. Warm ist es im Gesicht. Wolken ziehen zusammen, weniger warm. Gut so. Aber Wolken ziehen zusammen: Lichtveränderung. Schaue auf Wolken, wie sie ziehen und Wolkenformation und beobachten: Farbveränderung. Wolken weiß zu Wolken creme, zu Wolken elfenbein zu Wolken Emaille zu Wolken Buch zu Angoraweiß zu Talgweiß zu Rennaissanceweiß zu Aquagrau zu Kaltweiß zu Perlmutt, zu Paradiesgrün, zu Absinthgrün, zu Pistaziengrün, zu Olivgrün. Angst. Zu lange Farben beobachtet, nicht aufmerksam für Form: Am Himmel seine Hand. Seine Hand, die wächst und wächst und wächst und wächst und bald schon Himmel: seine Hand. Seine Hand, die näher, die näher, die drückt auf Brust, bis Körper unter Wasser, bis Körper keine Hundebewegung, bis keine Luft, bis Wasser durch den Mund über die Zunge, über den Kehlkopf in die Luftröhre, in die Bronchien, in die Lungenflügel. Letztes Bild vor Augen auf: mein Körper von außen, wie er treibt auf dem Bauch, wie er treibt auf dem Meer.

Muss nicht träumen, seine Hände zu sehen. Schließe im Wachen die Augen und sehe seine Hände. Sehe seine Hände gefaltet im Schoß, sehe seine Hände tippen auf Tastatur, sehe seine Hände Geige spielen, sehe seine Hände Stift mit Tinte aufziehen, sehe seine Hände Pfeifenreiniger, sehe seine Hände Taschentuch, sehe seine Hände Apfel, sehe seine Hände Kamm, sehe seine Hände Kochtopf, sehe seine Hände Feuerzeugbenzin, sehe seine Hände Aschenbecher, sehe seine Hände Schnürsenkel, sehe seine Hände Hemdsknöpfe, sehe seine Hände auf mich zurasen, sehe seine Hände auf mich einschlagen, sehe seine Hände meine Haare ziehen, sehe seine Hände Fäuste. Sehe ich so seine Hände, meine ich nicht sehe ich seine Hände.

Sehe ich so seine Hände, meine ich, spüre ich seine Hände. Ich schließe die Augen und spüre seine Hände.

[3] Körpergewicht. Pressen des Körpers an den anderen, den dann auf Boden, an Wand, auf Bett. Erinnerung an die Schwere, an die Verteilung von Haut gegen Haut, Fleisch gegen Fleisch, an Verschieben von Organen durch Gewicht von Ellenbogen, an Luftlosigkeit und Schwere auf der Brust, an Luftlosigkeit und Schwere gegen den Hals* und Stimmlosigkeit.

* Sitzen im Verlag und lachen, mein Sohn ist heute dabei, „Bauchweh“ am Morgen, dann eben keine Schule, es liegt ja auch der erste Schnee, und es gibt Trümmerberge, die berodelt werden möchten. Also bring your kid to work day, also Trümmerberge erst nach Sitzen im Verlag; und Sohn ist langweilig. Sitzen ist langweilig. Verlag ist langweilig. Sohn steht bald, steht bald neben mir und sein Finger geht zum Adamsapfel und drückt, „wann bekomme ich so etwas?“ Und die Gedanken gehen nicht zum Lachen, oder zu „ich glaube, ich war elf, als meine Stimme gebrochen ist, Du hast noch Zeit“, sie gehen zu Körpergewicht und Elle auf Hals und Luftlosigkeit. Gehen zu Sprachbruch, gehen zu Grunzlauten und wimmern und winseln und fiepen und jaulen. „Nicht anfassen“, höre ich mich sagen und spüre meine Augen Schlitze, meine Stirn Falten, Brauen aufeinanderzielende Geschosse, Nasenflügel auf Luftsog umgestellt. Sehe Angst dort, im Sohn. Entschuldige mich sofort, nehme den Finger, halte ihn gegen den Adamsapfel, der hüpft beim Schlucken, das ist lustig.

IV. Lichtveränderung. In jedem Erleben, in jeder Erinnerung, vor der Gewalt: Lichtveränderung. Flackern, Flimmern, Flirren – all das nicht: Zucken. Gewalt tritt dem Licht entgegen, stellt sich ihr in den Weg, beim Greifen in den Raum Gewaltgliedmaßen, die Licht einnehmen, absorbieren, absorbieren. Licht macht Platz für ihn, schickt die Gewalt vor der Gewalt, Gewalt zu ermöglichen. Sein Körper tritt in den Raum, vor ihm sich ausbreitender Kernschatten. Jeder Raum wird Kernschatten. Licht nur noch frontal, Gewalt im Spotlight, Eigenschatten auf Zähne überziehende Lippen.

Seine Gewalt hat eigenes Atmen.[V]

[V.] Zweispurig. In gleicher Zeitspanne: Einatmen. Ausatmen | Einatmen. Ausatmen. Einatmen. Lungenkapazitäten gegenläufig, Rhythmen laufen gegeneinander 2 gegen 3. Kapazitäten gegenläufig. Gekrümmter Finger zwischen den Lippen, muss er die Luft durch aufgespannte Nasenlöcher einsaugen; sehe Nasenlöcher, ungleiche Höhlen, in ihnen Nasenhaare, Soldaten in geschlossener Formation, die gegen Atem zittern. Was haben die schon zu zittern? Ihnen geschieht ja nichts. Gekrümmter Finger wird für Faust gebraucht, also die Lippen auseinander und ich höre den Klang der Luft, die er über seine die Zähne verdeckenden Lippen in den Mundraum saugt, das Rasseln der Luft in geteerter Lunge.

Seine Gewalt hat eigenen Atem.[VI]

[VI.] Atem nah an meinem Gesicht, gesättigt von Tabak, süßlich, versetzt mit Rum- und Ahornaromaten, Kaffee, zwei Löffel löslich, Milchkarton an den Tassenrand und Fluss weißer Flüssigkeit abzählen, one, two three, Zahnstein. So schmeckt der Atem von Gewalt.

Es gibt Gewalt, die Erinnerung.[VII]

[VII.] Die Zählen bedeutet und fragen: *Wie oft?* Und keine Antwort finden. Die erinnert zahlloses *Hand ausgerutscht*[1]. Zahllos, dass Szenen isolieren nicht gelingen will, Grenzen ausgefasert, Bilder bluten ineinander. Die erinnert Szenen.

Beispiel: Ich, ca. vier, in einem Garten, das Haus entfernt, auf Knien, eine Dose liegt neben mir, in der Dose Pfefferkuchen. Die darf ich nicht. Essen nicht und Dose haben erst recht nicht. Ein Loch in den Boden graben, Schatz in der Hand, Schmutz unter den Fingernägeln vom Erde-Herausziehen und Zur-Seite-Legen. Sobald Loch tief genug, noch einmal Deckel hochdrücken, Pfefferkuchen sehen, einen aus der Dose pflücken, schnell in den Mund, mehr Lücken als Zähne dort, also die Zuckermehlmasse mit Spucke weich und mit Lücken vorsichtig zermalmen, Speichel macht Zuckermehlmasse flüssig, schnelles Schlucken, unter den Fingernägeln Schmutz, Deckel auf die runde Öffnung drücken, Dose anschauen, Schatz anschauen, schütteln, sind noch viele drin, Dose in das Loch legen, Erde auf Dose schaufeln, bis brauner Fleck zwischen Grün, Versteck damit unsicher, Grashalme ausrupfen, Grashalme auf braunen Fleck legen bis nicht mehr sichtbar, für mich erinnerbar, denke ich, dann verändert sich das Licht. Erschrecken. Hochschauen. Umriss sehen und Hand im Gesicht spüren, die mit Wucht auftrifft, gelb vor Augen und Lichtpunkte und Tränen schießen in die Augen und Hand zieht Körper an den Haaren auf die Füße. Beine nicht stark, sacken weg, Schwerkraftpunkte Kopfhaut.[2]

Die erinnert Ablauf von Ereignissen vorher, Zäsur in Gewalt, kaum Ablauf nachdem. Die erinnert: Treppe runterstürzen, am Absatz liegen und auf den Teppich starren, denken, warum ist der blau, warum ist der rot, und zittern und Schritte hören, Füße, die auf Treppen schlagen, einschlagen, und Mitleid haben mit Treppen, die knarzen, knacken, knurren, quietschen, wenn niemand sonst im Haus, die jetzt einatmen, ausatmen, einatmen, ausatmen. An Fuß neben dem Kopf, an Fuß gegen Rippen, an Hände, die hochzerren, an Hand gegen Ohr, an Singen im Ohr und Rasen von Blut.

Die hört die Worte „Reiß Dich zusammen".[3]

Die erinnert: Nudelholz. Die kennt das Gefühl des Aufpralls von Nudelholz auf Kopf. Die kennt den Klang von Nudelholz, den Resonanzraum zwischen Stirn- und Scheitelbein. Die kennt das Wort Nudelholz. Nudelholz. ˈnuːdl̩hɔlts.[4]

[1] *ausgerutscht.* Eines der vielen Ohrwurmworte, die sich über Jahrzehnte nicht auflösen lassen. Nachschlagen immer wieder, was das bedeutet, „ausrutschen" – und immer nur finden: Flächen, Glätte, rutschig, Gleichgewicht, Balance, unsicherer Boden, ungewollte Handlung. Nirgends finden: Wenn Hand, dann Ausdruck aufgehobener Grenzen menschlicher Interaktion, wenn Hand, dann bewusstes Einsetzen von Gewalt. Lese nirgends: Abdrücke von Ringen auf der Wange, Handfläche Bluterguss auf Bauch.

[2] Immer noch frage ich mich, was mit diesen Pfefferkuchen geschehen ist. Dachte daran, zum Haus zurückzukommen eines Tages, Garten zerpflügen, bis der Schatz gehoben, Haus in Brand setzen. Aber die Wahrheit ist, dass ich es nicht einmal in die Nähe des Hauses schaffen könnte, Beine nicht stark. Lock the door and throw away the house.

[3] Die erinnert die Worte gezischt, die Worte gebrüllt, die Worte gespuckt, die Worte als Einschlag, wenn Tränen. A hasst Tränen. Tränen machen seine Gewalt härter, machen seine Gewalt kälter, machen: Vergessen, wie Tränen gehen. „Reiß Dich zusammen": Gegentrost. Gewaltvoller Akt zur Beendigung der Auswirkung von Gewalt. Gewalt gestapelt auf Gewalt.

[4] Als Vater in multilingualer Sprachvermittlung fülle ich Vokabular auf – absichtlich: *careful, hurry up, tree, aeroplane, dinner time, quick, bike, I love you, sleep tight, apple, chair, arrêt, bed, sister, don't worry, fork, baruch attah Adonai eloheinu melech ha'olam ..., sweets, tottenham, naughty, allez, brother, car, darling, baby, come on, here comes the sun doodndoodoo* etc. ohne Absicht: *fuck, wanker, arse, motherfucker.* Als Sohn im Spracherwerb der Vatersprache bekomme ich aufgefüllt: Nudelholz. ˈnuːdl̩hɔlts. Nudelholz.

Gewalt hat Erinnerung als stärksten Komplizen.[VIII]

[VIII.] Immer da, vor der Gewalt, nach der Gewalt, in der Gewalt, als Gewalt.

Es gibt eine Gewalt, die Erinnerung, die gewollt und gebeten.[IX]

[IX.] My violence has no triggers, my violence has prompts. Den Satz gefunden in einem Notizbuch, meine Schrift mit Joint-up-Kinderschrift, Berol Handwriting Pen usw. Geschrieben nach einer Lesung zusammen mit Ruben in London, im Eingangsbereich des Veranstaltungsortes informierte ein Plakat in neongefärbten Lettern über Themen, zu denen nicht ohne Trigger-Warnung gelesen werden dürfe. Nur nach Abzugswarnung zu lesen: *descriptions of war, descriptions of abuse, descriptions of self-harming behaviour, descriptions of hate speech, descriptions of strong abusive language, descriptions of violence, descriptions of particular kinds of consensual sexual activity, descriptions of discriminatory attitudes or actions, descriptions of sexism, descriptions of racism.*

Lesen ohne Warnung unmöglich dort, dabei meine Prompts nicht einmal in der Liste: Geruch, Geschmack, Klang, Orte, Oberflächentextur, Körperhaltung, Mimik. Höre ich Gewalt, fühlt sich meine Gewalt, seine, nicht angesprochen. Möchte nicht angesprochen werden, ohne gemeint zu sein, möchte die Gewalt anderer nicht mit sich gleichsetzen, möchte Gewalt wie Gewalten getrennt sehen, möchte Gewalten ernst nehmen. Höre ich *descriptions of war, descriptions of abuse, descriptions of self-harming behaviour, descriptions of hate speech, descriptions of strong abusive language, descriptions of violence, descriptions of particular kinds of consensual sexual activity, descriptions of discriminatory attitudes or actions, descriptions of sexism, descriptions of racism,* höre ich *descriptions of war, descriptions of abuse, descriptions of self-harming behaviour, descriptions of hate speech, descriptions of strong abusive language, descriptions of violence, descriptions of particular kinds of consensual sexual activity, descriptions of discriminatory attitudes or actions, descriptions of sexism, descriptions of racism* – höre nicht seine Gewalt, meine. Denke: Muss das Gehörte ernst nehmen; so ernst nehmen, dass ich mich nicht darin höre. Denke: Alle *descriptions of war, descriptions of abuse, descriptions of self-harming behaviour, descriptions of hate speech, descriptions of strong abusive language usf.* sind genau das: descriptions. Müssen als descriptions immer bleiben: Annäherung, Annäherung, Annäherung. Annäherung an ihren Gegenstand. Ihren Gegenstand, der nicht seine Gewalt ist.

Denke bei Warnungen: Warum vor Aktivierung warnen, wenn seine Gewalt immer da ist. In jeder Faser, jeder Zelle, seine Gewalt bebt in Zellmembranen und Zytoplasma, in Ribosom, Nucleus, in jedem Chromosom. Seine Gewalt in andauernder Aktivität – Teilung, Vervielfältigung, macht sekündlich Kopien von sich selbst, Zellen teilbar bis zu 40-mal, Sicherungskopie nach Sicherungskopie, dass sie mich nicht vergessen lässt: Hier ist seine Gewalt und hier und hier und hier. Das Konzept des Triggers dadurch fremd bis befremdlich. Wichtig aber – notwendig: Prompts. Suche seine Gewalt, meine, in Erinnerung immer wieder, besuche sie, beobachte sie. Mache das absichtlich, immer wieder. Schaue sie mir an, in Flächen, in Details, zoome aus und ein, wiege sie, betaste sie, mache das immer wieder, immer wieder. Brauche dafür Prompts. Brauche Gegenstände, die in der Erinnerung verankerte sensorische Phänomene auslösen. Ungewichtetes Inventar meiner Prompts: Geruch, Geschmack, Klang, Orte, Oberflächentextur, Körperhaltung, Mimik. Brauche das, brauche die, um Erinnerung auszulösen, brauche das, um willentlich in die Gewalt zu gehen, brauche das, um zu wissen, wer ich bin, brauche das als Gewalt über die Gewalt.

Gewalt hat ein Ziel. Gewalt hat Ziele.[x]

[x.] Seine Gewalt hat ein Ziel. Hat Ziele. Ziele, von denen ich weiß[1]: B, C[2], D[3], E[4], F[5].

[1] Wessen Gewalt erzähle ich. Ich erzähle meine Gewalt, erzähle seine. Erzähle etwas von Ds Gewalt, weil sie gebunden ist an meine. Ds Gewalt, die nicht meine Gewalt ist, ist Ds Gewalt, ist seine.

[2] Über Cs Gewalt, die nicht meine Gewalt ist, die ihre ist, die seine ist, erzähle ich nicht. Kann nur erzählen, dass ich einmal auf der Treppe saß und überhörte: „Willst Du mich wieder schlagen?“ Von ihrer Gewalt erzählen, das möchte ich nicht. Das möchte sie nicht. Das müsste sie. Das wird sie nicht. Über Cs eigene Gewalt, die eine Verwandtschaft hat mit As Gewalt, werde ich erzählen. Das möchte sie nicht.

[3] D ist nicht stark. D hat einen besonderen Körper, hat vor allem ein besonderes Denken, das macht es u. a. notwendig, dass D in eine besondere Schule geht. Mitte der 80er-Jahre in England noch keine ausreichende Bildungsstruktur, dass das Besondere Berücksichtigung findet. Mitte der 80er-Jahre ist es ungewöhnlich, dass Menschen wie D nicht verwahrt werden. Dass Menschen wie D zur Schule gehen. Gehen sie zur Schule, dann auf Schulen für Kinder mit Lernschwächen. Lernschwächen hat D nicht*. D hat ein Chromosom 21 mehr als A, C, E, F und ich. D hat eine sichelförmige Hautfalte an den inneren Augenwinkeln, nach oben hin geschrägte Lidachsen, eine Sandalenlücke, eine Zunge, die etwas aus dem Mund hervorsteht, D hört nicht gut, hat Hörgeräte, D sieht nicht gut, mag keine Brille tragen, hat seine Brille so oft

„verloren", dass es keine neue Brille mehr gibt. D wird schnell zornig. D wird schnell traurig. D weint dann viel. D ist schnell amüsiert. D lacht dann viel. D kann das Wetter beeinflussen. D kann zaubern. D ist eine Hexe. Sagt D. Ds Gewalt ist nicht meine Gewalt, sie ist Ds Gewalt, ist seine Gewalt. D hat oft etwas „angestellt". Anders und nicht so oft „angestellt" wie ich. Ich werde „gehauen", für D gibt es „Kläppchen". D versteht Gewalt nicht. D versteht Angst. D weint dann viel und schreit oft „nein". Und schreit „Papa". Und streckt die Arme aus. D macht andere Laute als ich. Sie sind höher. D quietscht. D versteht meine Angst. Tröstet dann und sagt. „Bald wieder gut, ne?", und legt die Hände auf meinen Kopf. Erinnerung: D ca. zwölf, ich ca. neun, D und ich finden Schokolade. Schokolade mag D. Schokolade mag ich. Wir essen Schokolade. Das dürfen wir nicht. Das wissen wir. Es ist viel Schokolade. Sie ist weg und wir grinsen und brauner Speichel in Ds Mund und brauner Speichel in meinem Mund. Die Schokolade ist weg und wir haben Angst. Verstecken die Verpackung. Verstecken sie nicht sehr gut. Wissen wir aber noch nicht. Wissen wir erst am Nachmittag, als A in unser Zimmer stürmt und die Verpackung uns entgegenwirft. A fragt, wer das war. D und ich schauen einander an, haben beide Angst, D weiß, dass ich morgens schon Schläge, schon Prügel, schon Angst. D weiß, dass ich nicht mehr kann. D sagt „ich". A macht einen Satz durch das Zimmer und greift D an den Schultern. A zerrt D am Boden entlang in sein Arbeitszimmer. D möchte nicht und versucht wegzurutschen. Geht nicht. A ist zu stark, A hat eine Hand an Ds Arm, eine in Ds Haaren. A wirft D zu Boden und dann die Tür hinter sich zu. C und ich stehen auf dem Flur und wir hören D schreien, D quietschen. Es ist anders dieses Mal, Ds Schreie lauter, Ds Quietschen lauter, und in meinen Augen Tränen und beide Hände flach über die Ohren gehalten. Das Quietschen hört auf und das

Schreien hört auf und A kommt aus dem Zimmer. „Wenn Du es doch warst, versündigst Du Dich. Wenn Du es doch warst, kommst Du in die Hölle", zischt er. Und ich möchte dorthin. Sehe es ein. Gehe zu D ins Arbeitszimmer, ziehe ihn zu mir und wir gehen in das Kinderzimmer und schließen die Tür und ich setze ihm Kopfhörer auf, lege ihm die Hände auf den Kopf und sage: „Bald wieder gut, ne?", und denke an die Hölle, und dass ich dort schon bin**.

> * spricht zwei Sprachen Muttersprachen, an seiner Wand Plaketten für erste Plätze bei Vorlesewettbewerben, für Drittsprach-Französisch-Wettbewerbe, für Schreibwettbewerbe.

> ** Mehr als 30 Jahre später lese ich in einer beglaubigten Abschrift eines ungültigen Testaments: „Für den Schlusserbfall schlagen wir vor, unseren Sohn B zum Betreuer unseres Sohnes D zu bestellen. Unser Sohn B hat ein inniges Verhältnis zu seinem Bruder und würde das Amt gern übernehmen."

[4] Über Es Gewalt, die nicht meine Gewalt ist, die ihre ist, die seine ist, erzähle ich nicht. Kann nur erzählen, dass ich sie weiß und sie nicht meine ist zu erzählen. Von ihrer Gewalt erzählen, das möchte ich nicht. Das möchte sie nicht. Das müsste sie. Also ist sie nur einmal geschrieben, also hier. Und weil sie das liest, und auch ohne weil: I love you. So much.

[5] Über Fs Gewalt, die nicht meine Gewalt ist, die seine ist, erzähle ich nicht. Kann nichts erzählen, nur dass ich etwas weiß, aber zu wenig, weil *pschhht!*. Von seiner Gewalt erzählen, das möchte ich nicht. Das möchte er nicht. Das müsste er. Also ist er hier geschrieben, und ein Mal noch.

Gewalt hat Zeuginnen. Zeugen.[XI]

[XI.] Seine Gewalt hat Zeuginnen, hat Zeugen, hat: *embedded participants*. Hat mich, hat ihn, hat sie, hat ihn, hat sie, hat ihn. Seine Gewalt hat eine Zeuginnengemeinschaft von sechs Personen. Gewalt verteilt Rollen auf seine Zeuginnen. Seine Zeugen. Die Rollen werden nicht ausgesucht. Die Rollen werden eingenommen. Ich falte Personal aus: ihn (A), mich (B[1]), sie (C), ihn (D), sie (E), ihn (F)[2]. B, D, E, F sind Kinder. Kinder von A und C. Kinder. Wir bezeugen uns gegenseitig Gewalt. Mit der Bezeugung schreiben wir uns gegenseitig Besitz zu. Besitzen einander durch Zeuginnenschaft. Besitzen einander in Zeugenschaft. Besitzen Gewalt, seine. Sage ich Gewalt, meine ich meine Gewalt, meine ich seine. Sage ich Besitz in Zeugenschaft, meine ich Sitzen in Zeugenhaft.

[1] Maybe it's everywhere: Schreibe mich B und möchte das sofort löschen, mich als C oder D oder E, aber so ist es nicht. So ist es nicht. So ist es nicht. Das zu schreiben, bedeutet immer wieder auch zu denken, so ist es, schreibe ich mich B. Damit anerkennen den gegenseitigen Besitz, den Besitz, der näher ist als C oder D oder E, und gleichzeitig alles ist, nur nicht nah. Nur Besitz. Maybe it's everywhere: Was soll das sein, nah? Das: „Weil ich Dich lieb habe."

„Weil ich Dich lieb habe", das sagte A zu B.

Das sagte er zu mir, seine Fingerknöchel geschwollen. Seine Fingerknöchel geschwollen, ausgekugelt mein Kiefergelenk.

[2] Kann nicht Namen schreiben. Würde bedeuten, gar nicht schreiben. Würde bedeuten ich, dabei ich immer nicht-ich, übertragbar auf A, auf C, D, E, F: Für A lies Nicht-A, für B lies Nicht-B, für C lies Nicht-C, für D lies

Nicht-D, für E lies Nicht-E, für F lies Nicht-F. Kann D, E, F nicht Namen geben, nicht ihre Namen geben, möchte das nicht, möchten sie nicht, möchten meine Finger nicht. Kann nicht Funktionen schreiben: ~~Für A lies Vater.~~ So schon lange nicht mehr gesehen. Die Finger können das nicht, können nicht ~~A ist mein Vater~~ schreiben, hieße C Mutter, B Kind oder B ich usf., macht alles enger, alles falsch, die Finger wollen das nicht und Stift kratzt nur auf, macht Riss in Papier, denkt es hinter Stirnstein Wunde, denkt es Blut, Schorf, Gewebeflüssigkeit, Narbe – und so weit sind wir jetzt. Finger wollen das nicht, auch weil *pschhht!*, aber nicht nur. Wollen das nicht, weil A als Kategorie, auch wenn ich ihn nicht denke als Kategorie, aber ihn als Kategorie gedacht lassen werden möchte ich, nicht durch mich, durch Sie, durch Dich.

Gewalt hat Eigentum.[XII]

XII. Vor der Gewalt, in der Gewalt, nach der Gewalt: Wir sind Eigentum. Vor der Gewalt behauptet die Gewalt Eigentum, verkündet Eigentum. Seine Gewalt verkündet durch Worte, durch Eskalation, durch über die Zähne gezogene Lippen. Behauptet und beansprucht. Spricht Anspruch aus: Es ist mein Recht. Du bist mein.

In der Gewalt werden wir neu kategorisiert. In der Gewalt werden wir zu Körper, zu Tier, zu Sache, zu Ding. Gewalt schreit mit Händen, mit Ellenbogen, mit Körpergewicht: Über das verfüge ich. Leib in Eigenschaft, in Eigentum: Leibeigene. Spricht die Gewalt: Das ist mein.

Nach der Gewalt Eigentum durch Gewalt als Referenzrahmen, Maßstab, Richtschnur: Jede Entscheidung mit ihr abgestimmt, alles Atmen alles Muskelkontraktion alles Beobachten alles Denken alles Empfinden alles Sprechen alles *psschhht!* der Gewalt zum Gewähren oder Verbieten vor den Thron getragen: *Gefällt Dir das? Möchtest Du das? Darf ich das? Das ist Deins, all das ist Deins. Sprich und verfüge, gewähre und verbiete. Verbiete, verbiete, verbiete.* Sprechen zur Gewalt: *Ich bin Dein.*

Nach der Gewalt auch in Eigentümlich. Eigentümlich wie *das ist mir eigen*. Eigentümlich wie *das ist uns eigen*. Eigen wie *das ist anders*. Eigen wie *nicht wie die, zu denen Gewalt nicht gehört*; Eigen wie *nicht wie die, die nicht der Gewalt gehören*. Alles, von Atem von Muskelkontraktion von Beobachten von Denken von Empfinden von Sprechen von *pschhht!*: seiner Gewalt eigen. Uns eigen. Einander eigen. Sind singular: Eigentum.

Es gibt Gewalt, die keine Zeuginnen hat und doch Zeuginnen hat.[XIII]

XIII. Erinnerung an seine Gewalt heißt oft C, D, E im Erinnerungsbild, F nur selten[1]. Im Erinnerungsbild verschiedene Anordnungen: C steht nah, hat sich das ausgesucht. D und E haben es sich nicht ausgesucht, sind in den Erinnerungsbildern meistens mit anderem beschäftigt: D im Schneidersitz auf dem Boden, Kopfhörer, spult vor und zurück zu Stellen, die ihn kichern machen, E mit Buch auf fadenbrüchigem Sofa, Blättern in Puffin Classics usf. Beschäftigt, bis Gewalt. Dann aufhören, manchmal rufen, manchmal aus dem Zimmer rennen, manchmal verstecken hinter fadenbrüchigem Sofa, unter Bettdecke, unter Bettgestell. Erinnerung an seine Gewalt heißt oft C, D, E im Erinnerungsbild, F nur selten – heißt *oft*, heißt nicht *immer*. Erinnerung an seine Gewalt heißt oft alleine. Oft alleine heißt auch, B sagt nichts, weil *pschhht!*, A sagt nichts, weil – warum sollte er. Heißt, seine Gewalt bleibt seine, bleibt meine.

Erinnerung an seine Gewalt kann heißen, vorher weggelaufen, ins Zimmer gerannt, versteckt, hinter der Tür, unter Bettdecke, unter Bettgestell, hinter fadenbrüchigem Sofa[2]. Heißt immer, nicht schnell genug, heißt immer, Verstecken Unsinn, alle Verstecke längst gekannt, alle Verstecke nur Verzögerung, bald schon Hand oder Hände, die greift Türrahmen, die zerren Bettdecke, die streckt unter Bettgestell, die beiseiteschieben fadenbrüchiges Sofa, bald schon Hand oder Hände, die prügeln. Heißt *oft*, heißt nicht *immer*, kann heißen aus dem Nichts. Kann heißen aus der Gewalt in die Gewalt. Dann, wenn etwas *angestellt*[3] und jetzt entdeckt, jetzt aufgeflogen und jetzt Strafe. Dann, wenn nichts vorher *angestellt*, und an diesem Dann zerschellt Sprache, an diesem Dann und dem Warum, das sich davor auftürmt[4]. Dann, wenn nichts vorher *angestellt*, unterscheidet sich insofern, als dass es nur dann, wenn alleine. Wenn C nicht da, wenn D nicht da, wenn E nicht da. Unterscheidet sich insofern, als dass einfach so, als dass braucht keinen Anlass[5], als dass grundsätzlich, als dass Existenz genügt[6], als dass Gewalt seine Existenz.

[1] F wird getragen. In einem Korbgefäß. Einen großen gebogenen Henkel hat es. Lässt sich an ein Gestell anbringen, dann wird F gefahren. Erinnerung an F, wach, getragen von A im Korbgefäß. A in meinem Zimmer, stellt F in sichere Entfernung, zieht Lippen über die Zähne, Licht verändert sich und offene Hand schlägt auf Wange, Kopf nicht vorbereitet, Schmerz im Nacken, gelb, Lichtpunkte, zwischen den Lichtpunkten Fs Augen, die das schauen.

[2] Warum nie aus dem Haus gerannt?, fragt es sich manchmal in Erwachsenenpose, stellt sich vor Kind auf, Hände gegen Hüfte, fragt fordernd: Warum nicht einfach raus, weg und weg bleiben? Oder weg und Menschen finden auf der Straße, der Schutz oder die Trost. Und Kind antwortet: Weg und weg bleiben unmöglich, weil klein, weg und weg bleiben unmöglich, weil Angst, weg und weg bleiben undenkbar, weil seine Gewalt erzählt sich als gerechtfertigt. Weg und Menschen finden auf der Straße, der Schutz oder die Trost unmöglich, weil *pschhht!* – weg und Menschen finden auf der Straße, der Schutz oder die Trost unmöglich, weil alles gefährlich.

[3] Angestellt. Anstellen. Einwortohrwurm. Anstellen. An|stell|en. [ˈanˌʃtɛlən]

Wie Gegenstand an etwas stellen
eine Leiter an den Baum stellen usf.
Wie sich in eine Reihe stellen
mich hinten anstellen usf.
Wie etwas zum Fließen bringen
den Strom anstellen usf.

Wie in Betrieb nehmen
den Rechner anstellen usf.
Wie jemanden in den Dienst einsetzen
eine neue Referentin anstellen usf.
Wie sich verhalten
sich ungeschickt anstellen
sich anstellen wie der erste Mensch
sich dreist/dickköpfig/dämlich/dumm/dusselig/ anstellen
Wie tun
Recherchen anstellen
Nachforschungen anstellen
Überlegungen anstellen
Beobachtungen anstellen
Berechnung anstellen
Wie *anrichten*
B hat etwas angestellt, also trommeln Fäuste auf ihn ein.

[4] Diese unerträgliche Frage, die meine Gewalt, seine, schon in sich trägt. In den seltensten Momenten gelingt es, in Gedanken aus meiner Gewalt, seiner, hinauszutreten; gelingt es, hinauszutreten und darauf zu blicken und festzustellen: Jedes Weil baut auf meine Gewalt, auf seine, auf; jedes Weil akzeptiert die Regeln meiner Gewalt, seiner; jedes Weil denkt, spricht, schreibt seine Gewalt weiter.

[5] In die Falle getappt.

[6] Ob es dann die Lust ist, die ihn antreibt? Der Appetit? Lese Ende dreißig das erste Mal von Appetitiver Aggression. Der biologischen Anlage, die Jagdlust freisetzt vom Ziel Tier zu Appetit auf Ziel Mensch. Das Phänomen rastet ein in der Suche nach dem W, nach dem *Warum*, rastet ein in das Suchmodell, ein weiteres Rad zwischen schwingenden Mechaniken Trieb, Thanatos, Dampfkessel,

Frustrationsverhalten. Aber die eigentliche Suche muss doch die nach der Unruh sein, der Unruh, die alles am Pulsieren hält. Dafür ist Appetit zu schwach, zu wenig konstant, pustet sich auf, schwillt zu Hunger an, frisst sich satt, legt sich beruhigt zu Bett. Aber seine Gewalt ist immer da, immer unter dem Sichtbaren als Puls spürbar. Das kann es nicht sein. Also weiter suchen nach dem W, weiter versuchen, nicht zu suchen.

Gewalt hat Farben. [XIV, XV, XVI]

[XIV.] „Grün und blau“[1], in der Schutzsprache “black and blue” – in den Gedanken nicht zu Worten geformt, Worte Platzhalter für das Blitzen über Eigengrau[2]. In der Schutzsprache das Wortpaar *Prisoner's Cinema*, das das Phänomen beschreibt, von dem Gefangene berichteten, die längere Zeit im Dunkeln verbringen mussten, für die Phosphene die einzige optische Stimulation bieten, für die Phosphene Gestalt annehmen: Tiere, Menschen, Landschaften aus Lichtpunkten, Erinnerungssequenzen, die sich übersetzen in Licht. Schließt meine Gewalt mir die Augen, dann heute: nichtübersetzte Erinnerungssequenzen; schloss meine Gewalt mir damals die Augen, dann in Erwartung von Gelb. Gelb die Farbe der Schmerzvermittlung beim ersten Aufschlag. Nach Gelb dann Rot. Visual Noise, das Flattern, Flimmern, Zappeln, Zucken hinter den Augenlidern, aber mit dem ersten Aufschlag nicht Geräusch: Klang.

[1] »Tu n'ais pas fini avec ça« – „Damit bist Du noch nicht fertig“, sagt mir ein gräulich schimmernder Mann in alkoholgesättigtem Französisch. Sitzt neben mir an einer Bar, haben uns bei einer Konferenz kennengelernt, Plastik an der Brust nennt ihn Marcus, ich nenne ihn Marc, hauptsächlich, weil der Name Marcus in meinem Ohr Reaktion wie Kreide an Tafel verursacht. Er mag das. Marc unterrichtet in Montpellier, gefällt sich darin, betrunken französische Floskeln in seine Sätze zu montieren. Wir sitzen eine Weile an der Bar, allein, andere Referent*innen sind zu Bett. Bestellen Getränk nach Getränk so, dass wir in Richtung zur Barkeeperin verwandelten Hotelrezeptionistin nicken und das Glas ihr zuneigen, die das als „bitte noch eins“ von ähnlichen Trinker*innen wie uns zu verstehen gelernt hat. Trinken, sprechen nicht viel.

Marc ist kicherig. Lacht, ohne dass ich wüsste, warum. Zwischen Getränken und Gekicher meine Gedanken im Zimmer, in das ich irgendwann werde gehen müssen: graue Wände, Cyan-Borten, Spiegel, Schreibtisch, Fernseher an der Wand montiert, Kamin mit Feuerschleife, die brennt gegen Monets Terrasse à Sainte-Adresse, das im Kieferrahmen geklebt das eingesperrte Meer ganz in die Zweidimensionalität presst. Ein Bett, zu groß für einen, zu klein für zwei, auf den Kissen Eisbonbons, Haltbarkeit passé, die schmelzen aus der Verpackung. Kann nicht anders als an das Zimmer denken, weil ich Angst vor Betten habe. Angst vor Betten, weil Angst vor Schlaf. Angst vor Schlaf, weil Angst vor Albträumen.

»Coucou! Coucou!« – offene Schachtel Zigaretten wedelt mir vor den Augen, Marc kichert, „komm, nimm, nimm!". Ich nehme. „Wo bist Du denn?", fragt Marc, und ich bin zu müde, oder zu betrunken, etwas anderes zu sagen, sage also „im Zimmer", nehme eine Zigarette, kämpfe mit dem Zünder, wiederhole „im Zimmer". „Im Zimmer, im Zimmer, warum im Zimmer? Du bist nicht im Zimmer, *mon ami*, Du bist hier, mit mir an der Bar – wenn Du jetzt im Zimmer bist, bin ich jetzt auch im Zimmer, und wir sehen beide um uns herum eine im Zimmer aufgebaute Installation, oder Simulation, irgendwas mit *tion*" – sagt *tion* wie siong im Montagefranzösisch, kichert dabei und kichert und kichert. „Ich habe Angst vor dem Bett", sage ich. Kein Kichern. Kein nichts mehr von Marc. Nickt nur und neigt das Glas der Barkeeperin zu, die gleich zwei neue Getränke vor uns abstellt. „Angst vor dem Bett", sage ich vor mich hin, und irgendetwas in mir greift hinter Stirnstein und legt mir Worte auf die Zunge. Die kommen jetzt als Strom, fließen gegen die Flüssigkeit im Rachen, sprechen sich aus, sprechen niemanden an: „Albträume Albträume Albträume Albträume. Träume immer wieder einen Jungen, blond, mag sieben Jahre alt sein, der steht in einem Türrahmen und schiebt den Teppich mit seinen Zehen in Wellenform. Vor einem Schreibtisch ein Mann, schaut den Jungen nicht an, schaut nach vorn auf einen Bildschirm, dünne Finger hämmern auf Tasten. Höre nichts, Traum ohne Klang, sehe nur Finger, die fliegen mit Druck über Buchstabenmeer. Junge steht, Schultern heben und senken sich zuckend, wischt mit dem Arm immer wieder über die Augen. Tränen dort, aber im Traum der Junge, im Schlaf ich, schaut, schaue, schauen allein auf den Arm, der wischt. Auf der Wischstrecke Handgelenk bis Ellenbogen vier langgezogene, dünne Flecken, blau und grün, die ragen über die Elle wie Brücken, zu kurz gebaut. Auf der anderen Uferseite eine breitere Brücke, kürzer, blauer, grüner. Mit der anderen Hand der Junge reibt über die Brückenstumpfe, gebaut vom Druck der Finger, die jetzt die Tastatur hämmern. Bei Berührung taub, Gefühlsbrache Brückenstumpfe, Erhebungen auf der Wischstrecke Handgelenk bis Ellenbogen. Der Junge im Traum, ich im Schlaf, schweigt, schweige, schweigen. Dabei wissen wir, weiß alles: Der Mann an der Tastatur wartet auf das eine Wort. Wartet wie oft, wartet wie immer. Szene so oft erlebt, so oft gelebt, dass der Traum ganz passiv sich abspult. Mann wartet, Junge versucht, das Wort hinter Stirnstein zu fassen, es über die Zunge zu zwingen, doch dahinter nur Schreien und Grunzen, nur Winseln und Schluchzen, das drückt gegen die Kehle, versperrt auch dort den Weg für das Wort. Der Junge reibt über die Brückenstumpfe, und sein Schulterzucken wird ruhiger, wird langsamer, und im Traum das Gesicht des Jungen verändert sich, zuerst alles verzogen, Mundwinkel zu groteskem Grinsen, Augenbrauen zusammengezerrt im wütenden Versuch, das Nasenbein zu erreichen, das Kinn eine Wasserfläche, in die ein Backstein geworfen wurde, die Stirn mit Andeutung des Striches, der mit dem Alter tief, mit dem Alter immer trockener wird – das zuerst, aber im Traum das Gesicht verändert sich, Muskeln entspannen und Gesicht entspannt, alles scheint auf neutral sich zu bewegen, alles, nur nicht die Mundwinkel, die bleiben nach oben gewölbt, aber grotesque ist das nicht mehr, oder anders grotesque: Der Junge im Traum, ich im Schlaf, lächelt, lächle, lächeln durch Schmerz. Das wissen nur wir, angewöhnt und angezwungen, lächelt es mit geschlossenen Lippen. Nicht nur Gesicht, ganzen Körper zu lächeln bewegt, geht der Junge aus dem Türrahmen drei Schritte vor, der Mann immer noch abgewandt, das eine Wort, das könnte der Junge jetzt hervorholen hinter Stirnstein, hört es schon sich auf die Zunge bewegen, aber sagen tut er es nicht, geht noch zwei Schritte und steht dann bald neben dem Mann am Schreibtisch, der starrt weiter nach vorn, Finger auf Tasten, dann streckt der Junge seine Arme ihm entgegen. Sieht zuerst aus wie Kleinkind, das auf den Arm genommen werden möchte, das sieht der Mann und dreht sich zum Jungen, schaut auf ihn hinunter, fragt mit Stimme gelangweilt, *möchtest Du etwas sagen?* Sagt damit: *Sag das Wort, ich warte, Du weißt, erst dann hört das hier auf.* Der Junge sagt aber zuerst nichts, dann zeigt er auf die Brückenstumpfe auf seinem Arm. Der Mann schaut hin, schaut, als zeige der Junge ihm etwas Totes, gefunden im Garten oder im Wald, schaut angewidert auf Arm, dann wütend auf Jungen, der steht und zeigt, und dann tatsächlich Worte, die verlassen seinen Mund, die füllen den Raum und fahren in den Mann am Schreibtisch hinein: *Papa, sind die blauen Flecken blau genug? Ist das Grün dir grün genug?*“

Das letzte Wort verlässt den Mund und Scham gießt sich als Kaltbrand durch den Körper. Schaue zu Marc, „entschuldige bitte“, sage ich, „ich weiß auch nicht, was los ist“. Marc winkelt den Kopf an, sagt »Tu n'ais pas fini avec ça«, damit bist Du noch nicht fertig, zeigt auf das herbeigewunkene Bier.

[2] Eigengrau. Dass wir diese Farbe so benennen, die Farbe, die wir wahrnehmen, wenn unsere Augen geschlossen sind, dass wir sie so nennen, wenn wir in so vollkommener wie nur möglich vollkommener Dunkelheit sehen. Dass wir zuerst Eigengrau benennen und nicht zuerst die Phosphene, die als Lichtblitze, Lichtkugeln, Lichtgitter sich über das Eigengrau bewegen, die aussehen können wie nervöse Tiere im Lauf über die Augäpfel – *Mouches volantes* in der Sprache der Mutter meiner Kinder, fliegende Mücken in Technicolor, auch in vermeintlicher Abwesenheit von Licht. Die Abwesenheit von Licht scheint es nie zu geben, scheint als Abwesenheit eigene Abwesenheit zu beschreiben: als verantwortlich wird Rhodopsin gemacht, Sehpurpur, Rezeptormolekül in der Netzhaut, das Wärme abstrahlt bei der alle 100 Sekunden auftretenden Änderung seiner Atomfolge, Licht aus Wärme, Abwesenheit von Abwesenheit von Licht.

[XV.] Heißt: In einer kleinen Küche stehen, alles weiß, Kacheln, Schränke, Tisch und Stühle, Ofen, Spülmaschine, Microwelle.[1] Das erste Mal ein Ceranfeld sehen. Schwarz zwischen dem Weiß. Drehknopf bewegen im Uhrzeigersinn: rotes Aufleuchten. Mit einem Topf das Aufleuchten bedecken, Topfinhalt beginnt zu blubbern und brodeln. Das nicht interessant. Topf vom Ceranfeld, Drehknopf gegen die Zeit und rotes Aufleuchten wird zu rotem Ableuchten, Punkte von Rot zu Schwarz. Das ist interessant. Drehknopf noch einmal bewegt, aus dem Schwarz erscheinen rote Punkte im Aufleuchten, Punkte zu Umrisse, Umrisse zu Kreise, Kreise zu runden Flächen, Flächenleuchten. Erst jetzt in der Erinnerung eine Person: Mit Großmutter in der Küche. Bild konturiert: schwarzes Haar zum Dutt gebunden, graues Gesicht, schwarze Augen, dünne lachsfarbene Lippen, weißes Hemd, darüber weiße Schürze, goldene Schnur um den Hals, über der Schürze ein schwingendes, hüpfendes Pendant, im

Pendant eingeschlossen, zwei weitere Mütter aus der Linie. Dass sie sich immer anstarren müssen, Gesicht zu Gesicht, beim Hüpfen und Schwingen, ihren Atem immer aushalten müssen, Gesichter aus der Zahnsteinzeit. Schwarzer Rock, schwarze Strumpfhose, Halbschuhe schwarz. Unter Dampf Töpfe auf dem Ceranfeld: Topf silber, Inhalt: Meerrettichsauce, mit ihren Hitzebläschen Eruptionen Schärfe, die sticht in den Augen. Topf Emaille, Inhalt: Fleisch, oberschenkelgroß. Topf schwarz, Inhalt: Kartoffeln, mehlig. Großmutter zieht den silbernen Topf zu sich – rot. Bedeckt ihn – schwarz. Sauce zirpt, blubbert und brodelt, Eruptionen Schärfe. Großmutter zieht den silbernen Topf zu sich: rot. Stellt Topf auf weißen Tisch, Flächenleuchten. Bewegt den Drehknopf: Ableuchten – Kreise, Umrisse, Punkte, schwarz. Kartoffeln abgießen, umfüllen in Porzellan, Fleisch mit zwei langstieligen Gabeln bergen, auf Porzellan legen, Meerrettichsauce ohne Eruptionen in Porzellan füllen, grüne Blätter ohne vorheriges Leuchten werden mit weißer Flüssigkeit bedeckt, werden gewälzt, dann gehoben in Porzellan, das „gute" Porzellan[2], Porzellan über den Flur, Holzmuster Heringknochen, knarzen, knacken, knurren, quietschen, in das Esszimmer, an den Wänden im Esszimmer: Teller Zwiebelmusterdekor aus Meißen; Kurzdialog, zeitlich heute nicht zuordenbar: „Die werden eines Tages euch gehören" – „warum?"; all das ist nicht bei mir, wer weiß, wo – Großvater am Tisch mit A, C, D und E; F gibt es noch nicht, Porzellan auf Tisch, setzen auf den Stuhl zwischen D und E, Gebet, Besteck, Serviettenring, in Fleisch ritzen, Kartoffeln quetschen, nicht mit dem Messer!, Sauce gießen, zusammenschieben, in den Mund, alle kauen[3] mit geschlossenen Mündern, nach Schlucken Worte, „Bitzelwasser", „danke", „jetzt nicht", „hörst du nicht, dass D gerade spricht?", ist das Fleisch und sind die Kartoffeln und ist die Sauce in den Bäuchen, „darf ich mich erheben?" und währenddessen, in Gedanken nur: rot – schwarz – rot – Aufleuchten – Ableuchten – Flächenleuchten. „Jetzt legen wir uns alle für eine

Stunde hin“, sagt jemand, und in meinem Kopf ein Gedanke: „Ich kann Flächenleuchten!“ Teller abräumen, Porzellan balancieren, über den Flur zurück in die Küche – bloß nicht fallenlassen, das gute Porzellan, abstellen, rasch mit D über Heringknochen ins Zimmer, knarzen, knacken, knurren, quietschen, Türe schließen, D setzt sich Kopfhörer auf, ich drücke die Schuhe von den Füßen und drücke mein Ohr an die Tür, zuhören: Rumoren in der Küche – Sprache – Schritte – knarzen, knacken, knurren, quietschen – Türen fallen zu – Toilettenspülung – Türe fällt zu, nichts mehr hören, bis 300 zählen, um sicherzugehen, 400, Türe öffnen, Schritte auf Heringknochen, knarzen, knacken, knurren, quietschen vermeiden, Luft anhalten, Füße auf Kacheln, kalt, vorsichtig zum Herd, zur Fläche, schwarz. Hand geht zum Drehknopf, bewegt ihn im Uhrzeigersinn, ist schwerer als gedacht, und da: Punkte! Punkte, Kreise, Knopf gegen die Zeit: schwarz. Knopf drehen, Punkte, Knopf zurückdrehen, schwarz, Knopf drehen, Punkte, Umrisse, Kreise – Leuchtfläche! Leuchtfläche – schwarz. Schwarz – Leuchtfläche. Leuchtfläche – Punkte – Leuchtfläche – schwarz. Kichern, glaube ich. Spaß. Dann: Lichtveränderung. Großmutter in der Tür und ein letztes Mal aufdrehen und sie anschauen in der Erwartung von Mitfreude am Entdeckten, aber das Licht hat sich verändert, etwas hat den Blick schon wahrgenommen, die Lippen zusammengepresst zu weißen Balken auf grauem Grund, und die nächste Erinnerung ist ihre Hand, die meine greift, die die Finger über Handgelenk führt und auf die Leuchtfläche presst. Kein Zirpen, nur Zischen. Gelb und wortloses Schreien. Tränen schießen in die Augen, die sehen kein Weiß, nur Gelb und Lichtpunkte und Balken und Gelb und Lichtpunkte und Weiß auf Grau, und schwarze Augen.[4] Einen Schrei höre ich, so hoch, dass es nicht meiner sein kann, und meine Augen suchen jemanden zwischen Gelb, bis verstehen, dass es doch meine Stimme ist, die das Geräusch mit der Luft aus meinem Körper zieht. Handgelenk wird losgelassen, Gelb wird heller und Hand zuckt die Finger zurück, Augen sehen zwischen Gelb und Lichtpunkten Schwarz und Braun auf Fingerkuppen, sehen Weiß unter Braun und Anschwellen und sich mit Flüssigkeit füllen. Hand nimmt Finger ohne nachzudenken in den Mund. Zunge schmeckt Salz, schmeckt sauer, schmeckt bitter. Ohren hören Schritte auf dem Flur. Hören sie Schritte auf dem Flur? Tun sie das?[5] Am Nachmittag Kaffee und Kuchen. Blicke, die „pschhht!" sagen. Am Tisch essen alle, Zucker und Teig, und Sahne soll aus der Küche geholt werden. „Du gehst", sagt jemand, und ich gehe. In der Küche alles weiß, auf dem Tisch eine Schale Sahne. Hände strecken sich der Schale entgegen, bevor sie zugreifen, dreht sich der Körper Richtung Kochfeld. Auf Schwarz deutlich zu sehen: Braun, auf das Schwarz wie aufgedruckt: Fingerkuppenlinien.[6]

[1] White goods*. Not meant for this text, but that's how the protective language works, it inserts itself into my thoughts and leads my mind away from memory, memories. Begins with misspelling „Mikrowelle", conjures up words like White goods, asks why white goods are immovable, Brown goods portable, leads my hand into my pocket and to my phone, lets me google answers – "Such appliances are sometimes collectively known as white goods, as the products were traditionally white in colour [...] Brown Goods from the colour of the wooden and bakelite cases which were once used to pack them." And once the phone is in my hand, so is the world, and with it telefonate, nachrichten, e-mails, verhandlungen, mitarbeiter*innengespräche, kämpfe, and with all that screaming at me from my palm, memory is pushed aside again, to be revisited without intention or occasion.

* That's how the protective language works: it inserts itself as a means of protection. Days after writing this

passage, I'm standing in my kitchen, peeling onions, and there it is, the phrase that my protective language believes it needs to shield me from: *Weiße Folter*. Worte in der Sprache seiner Gewalt. Den Begriff gelesen vor einigen Jahren in einem Bericht über die Behandlung politischer Gefangener im Iran: Ein Mensch wird in einer Zelle eingesperrt, die ganz in Weiß gehalten ist. Boden, Decke, Tür, Wände: alles weiß. Neonröhren an den Decken so angebracht, dass kein Schatten geworfen werden kann. Alle Oberflächen: Weiß gemacht von Textur – abgeschliffen also, lackiert, dass kein Tasten. Weiß auch der Klang: Schalldicht, der einzige Klang der, der in den Köpfen der Gefangenen sirrt. Die Gefangenen gekleidet in: Weiß. Die Nahrung: weiß – ungewürzter Reis, Wasser mit weißer Lebensmittelfarbe versetzt. Mensch ganz in weiß gefangen, wird zu etwas anderem als Mensch. Mensch nur im Kontext, in Beziehung, selbst der einfachsten: Ich hier, vor mir ein Tisch, vor mir ein Blatt, vor mir ein Baum, vor mir eine Wiese, vor mir eine Straße usf. Ohne das alles: Mensch als Nichtmensch, als nur Mit-sich-Mensch, Insichmensch. Den Insichmensch kenne ich. Der seine Stimme nur hört, der nur Weiß sieht, oder Gelb in meinem Fall, Lichtpunkte im Eigengrau. Aber mein Insichmensch ist nicht der Insichmensch, der im Iran, der im Weiß. Verwechslungen schnell überall: der Cursor, der im Weiß des Bildschirms, umgeben von Schwarz, umgeben von Zeichen, von Worten, von Bildern, von *pschhht!*, der ist nicht Insichmensch, der ist Verwechslung, mehr nicht, mehr nicht – Yoko Onos *YES* zwischen Lennons Kinderaugenpaar, das ist Verwechslung, mehr nicht, mehr nicht – Kazimir Malevichs Schwarzer Kreis auf Leinwandweiß, das ist Verwechslung, mehr nicht, mehr nicht. Und all das, all diese Verwechslung bedeutet, weder mich noch ihn noch Insichmensch ernst nehmen, also Schluss damit. Schluss damit und ehrlich sein: Das Wort, das Du geschrieben hast, da bist Du lange schon mit Deinen Gedanken, das Wort mit F., das lässt Dich von Verwechslung schreiben als Verdrängung, denn Du musst zum Wort mit F. Aber das nicht hier, auch wenn hier, das später, das dort, auch wenn noch nicht klar, wo dort.

[2] bürgerlich – alle relevanten Studien, die mit meiner Gewalt, mit seiner, verwandt sind, zeigen eine Verteilung verwandter Gewalt über alle gesellschaftlichen Unterschiede hinweg. Es zeigt sich, dass verwandte Gewalt viermal so oft in einkommensschwächeren Haushalten vorkommt. Doch auch hier zeigt sich die oftmals begegnete Verwechslung von Einkommen und Bildung, Letztere wird statistisch nicht erfasst.

[3] see and hear the others eating, hear the grinding sounds, the chewing sounds, the crushing, the saliva slurping from pulp to jowls, the whole undignified mastication ceremony.

[4] Jahre später mit Jenai in Paris, und ich frage sie, wie das alles sein kann, und sie sagt, meine Gewalt sei schon in As Familie gewesen und dass sich Gewalt so vererbe*, was mir Angst macht, Angst, und es braucht etwas, bis ich antworten kann, dass ich der Beweis sei, dass das nicht stimme, aber noch sind die Kinder im Haus, noch ist da Angst, die leiser, aber nie stumm**. Und dann die Erinnerung, dass A bei einem runden Geburtstag eine Rede hielt, in der er betonte, Großvater habe nie gegen ihn eine Hand erhoben. Dafür Großmutter? Warum das überhaupt erwähnen? Bedeutete die Betonung das Gegenteil? Seine Geste die eines Verzeihens*** vielleicht? Wer weiß. Was ich weiß: Weihnachtsmarkt. Wenn schon nur einmal im

Jahr zu Besuch im Land, wo alle die Sprache der Gewalt sprechen, dann Weihnachtsmarkt. Haut explodiert wieder von der Neurodermitis und Wasser mit 63° auf offenem Fleisch, laufe mit Großmutter und weine, weil Haut an den Handgelenken, die juckt und die reißt und die nässt, und das gefällt ihr nicht, „es soll doch jetzt schön sein", sie hat Parfum in der Handtasche, und Flacon wird aufgeschraubt und sie greift meine Hand, gelb und Lichtpunkte vor den Augen vom Salz auf ihrer Haut, sprüht Parfum auf Handgelenk, gelb und Lichtpunkte, Aufschrei, Ruhe, weil Angst. „Schön", sagt sie.

* *Vererben. Vererben* wie Sparbuch, wie Möbelstück, wie Bild vielleicht. Materielles, Stoffliches, Dingliches, Gegenständliches, Greifbares, Anfassbares, Verbrauchbares, Zerstörbares. Zerstörbares. Oder Vererbung als Transmission, Neukombinierung der Genome zweier Individuen. Oder „vererben" im Sinne von Überlieferung, Weitergabe, Tradierung. Das vermutlich. Gewalt, die durch ihre Ausübung weitergegeben wird. Und es erscheint nachvollziehbar beim ersten Nachdenken: A übt in Situation S Gewalt G aus. B erkennt darin einen Modus des Handelns Y in Situationen S. Ist B mit Situationen S konfrontiert, kommt Gewalt G als Modus des Handelns Y infrage. Diesen Mechanismus belegen Studien, so erzählen wir uns eine Auswirkung von Gewalterfahrung: Opfer werden zu Tätern, Täterinnen. Erkennen darin nicht eine weitere Form der Gewalt in dieser einfachen Zuschreibung noch in der eigentlichen Weitergabe von Gewalt: der Erniedrigung, die es bedeutet, Gewalt gelernt zu haben, sich nicht von ihr abgrenzen zu können, sondern sie selbst auszuüben, aus meiner Gewalt, aus seiner, wird aus meiner Gewalt, aus seiner, aus seiner. Meine, seine, seine, meine, m-eine, s-eine, drehe die Worte zwischen

Lippen, Zähnen, Zunge trennt im Mundraum m-ei-ne, s-ei-ne, Diphtonggetrippel zwischen m und s und ne und ne. Und da macht Sprache etwas, was sie hier nicht soll: Sie spielt, beruhigt, lenkt ab.

** Im Vorbeigehen darf das nicht: Dass das mir Angst macht, Angst. Größte Angst bei der Frage, ob seine schlafende Angst, die mich besitzt wie ich sie, bei meinen eigenen Kindern erwacht. Dass das der Auslöser würde, dass ich mich in ihn verwandle. Jahrelang Amal das verheimlicht. Verheimlicht, weil *pschhht!*, verheimlicht, weil mir nicht zugetraut, verheimlicht, weil ihr nicht zugetraut. Verheimlicht, weil so gelernt, verheimlicht, weil seine Gewalt in jeder Beziehung. Verheimlicht, dass der Gedanke, Verantwortung für ein Kind zu haben, unerträglich. Auch durch mein Lächeln hindurch: unerträglich. Unerträglich, dass seine Gewalt in mir, über Jahre und Jahrzehnte verdrängt, unterdrückt, bearbeitet, integriert, verarbeitet, verwaltet, dass sie handlich wurde, handlich wie handelbar, handlich wie handhabbar, handlich wie zusammengekocht zu einer Kugel schwarz und Lichtpunkte gelb. Wie zusammengekocht zu einer Kugel schwarz und Lichtpunkte gelb und eingesperrt auf Nimmerausleben. Wie Erinnerung, *locked the door and threw away the house*. Dass diese Gewalt nur darauf wartet, dass ein Kind kommt, ein Kind, das *mein Kind*, dass dieses Kind kommt und sie befreit.

*** Wieder, wieder, wieder: Verzeihen. Verzeihen.
fɛɐ̯ˈt͡sa͡ɪ̯ən.
Wie
1. jemandem eine Handlung, eine Reihe an Handlungen verzeihen
2. verzeihen Sie bitte!

Verzeihen Sie bitte ...
Verzeihen Sie?
Verzeihe ich?
Nein.
Niemals.
Nein.

[5] Hier kommt Erinnerung nicht weiter:
1. Ich bin mir sicher: Schritte auf dem Flur, die schneller werden, mein Name wird von einer Frau gerufen, und es braucht einige Sekunden, bis ich verstehe: Es ist C. Kopf dreht zur Tür, und da steht sie, Wut in den Augen, Entsetzen in den Augen, Schreie zur Großmutter, nimmt meine Hand am Handgelenk aus dem Mund, zerrt mich daran an der Großmutter vorbei ins Badezimmer und hält sie unter kaltes Wasser und tröstet. Körper bewegt sich aus dem Bad über Heringknochen, legt sich neben D ins Bett, der zieht die Kopfhörer aus dem Kassettenspieler, macht eine Geschichte über eine Hexe und ihre Freundin und Pferde laut genug, dass wir beide hören, sagt: „Bald wieder gut, ne?“, legt seine Hand auf meine Schulter, bis Gelb über Rot verschwindet.

2. Ich bin mir sicher: Ich allein mit der Großmutter in der Küche, mit den Fingern im Mund, Großmutters Lippen bewegen sich, zischen etwas, Lippen bewegen sich nicht, Körper bewegt sich aus der Küche über Heringknochen, legt sich neben D ins Bett, der zieht die Kopfhörer aus dem Kassettenspieler, macht eine Geschichte über eine Hexe und ihre Freundin und Pferde laut genug, dass wir beide hören, sagt: „Bald wieder gut, ne?“, legt seine Hand auf meine Schulter, bis Gelb über Rot verschwindet.

Beim Wieder- und Wiederlesen: immer noch unsicher. Grund der Unsicherheit verstehe ich, verstehe ich nicht:

Warum ausgerechnet bei dieser Episode, warum ausgerechnet bei meiner Großmutter das Schreien und sonst nie? Vielleicht möchte ich auch nur, dass es so war. Möchte, dass C zumindest einmal als Heldin auftaucht, die Welt wieder zurechtrückt. Vielleicht möchte ich das, und etwas in mir erzeugt diese Bilder.

3. Ein Gedanke, eine weitere Frage, die die Frage kreuzt: Ging es um Besitz? Ging es darum, dass meine Großmutter, außerhalb der Zeug*innengemeinschaft, keine Gewalt dürfe? Dass das nur innerhalb der Zeug*innengemeinschaft erlaubt war? Ich frage C Jahrzehnte später in einer Textnachricht, sie antwortet Stunden nicht, entgegen ihrer Gewohnheit, einen Tag später dann nur „Ich kann mich nicht erinnern". Da ist es wieder, das *pschhht!*, das weiterwirkt, denke ich, und weiß, es ist noch mehr als das: Es ist nicht erinnern wollen. Verdrängen wollen. Vergessen wollen.

[6] Beim Durchschauen des dritten Entwurfs dieses Textes fällt mir auf: Die Episode mit meiner Großmutter ist drei- oder viermal so lang wie jede, die für mich prägender war. Und da wieder, wieder: Gewalt heißt, die Anstrengung fühlen, die es die Synapsen kostet, die Tür geschlossen zu halten, hinter der das Etwas ist. *I locked the door and threw away the house.* Aber da ist etwas. Etwas Schlimmeres. Etwas, das gedruckt ist in meine Empfindungen, etwas, das nicht –. Und Skizzieren ist Teil der Anstrengung. Detailschärfe nur, was zugelassen wird in den prägenderen Gedanken. Da die Episode mit meiner Großmutter mich heute nur beschäftigt, wenn die Gedanken bewusst dorthin gehen, sie nicht selbst losrennen oder losrennen wollen und ich sie noch abhalten kann, ist Detailschärfe nicht schwer über Rekonstruktion von Erinnerung.

XVI. Im Badezimmerschrank steht eine bauchige kleine Flasche, kakaobraun, durchscheinend, um den Hals Plastikkragen, der knackt beim Öffnen, Pipettenkopf auf Glaslaufrückgrat, um den dicken Bauch ein gelbes Etikett, grüne Lettern darauf. Im Badezimmerschrank steht eine bauchige kleine Flasche, die droht durch ihre Anwesenheit, durch das Wissen um ihre Existenz. Beim Vollbad blickt B mit Angst auf den verschlossenen Badezimmerschrank. Sieht durch den Spiegel hindurch, dort die bauchige kleine Flasche und schließt die Augen und sofort Lichtpunkte vor dem Eigengrau. Im englischsprachigen Haushalt hat dieser Gegenstand einen deutschen Namen. Er wird ausgesprochen als Einwortfluch und B schreit dann auf und B rennt dann weg, und B bittet, "no, no, please, no!", und B schießen Tränen in die Augen und B wischt die schnell weg, die machen A nur wütend.

B hat offene Wunden am Körper, die hat sein Körper selbst gemacht. Bs Haut ist nicht wie andere Haut – sie hat Risse, die jucken, die hat Narben, die aufgehen, die hat keine Feuchtigkeit, wo sie sein sollte, sie ist schorfig und pockig und nass ganz oft von Gewebeflüssigkeit und Blut; nass wird Schorf, wird Narbe, und alles wieder von vorn. B muss ganz kurze Nägel haben, sonst tut er sich weh in der Nacht. Als Baby und Kleinkind werden B nicht die Wunden verbunden, als Baby und Kleinkind werden die Hände verbunden, damit B nicht kratzt. Mullbinden um die Finger, Mullbinden um die Handflächen, Mullbinden um die Handgelenke. Mullbinden sind gemein. Bs Haut ist dumm – denkt, Mullbinden sollen Haut werden, zieht dann Fäden und Fasern ein in Wunden, deckt sie zu mit Schorf. Am Morgen muss B wieder Löffel halten, oder Flasche halten, oder Händchen halten, das alles geht nicht mit Mullbinden, die müssen also runter, und sie werden ihm von den Händen geschält und sie reißen Fäden und Fasern mit sich raus aus dem Schorf, und dann schreit B auf, weil es weh tut. Und weil Bs Haut dumm ist, lernt sie nie, dass sie Fäden, Fasern nicht mit Schorf zudecken darf, und weil

Mullbinden gemein sind, machen sie das immer und immer wieder. Weil Bs Haut dumm ist und Mullbinden gemein sind, kaut B mit milchigen Zähnen den Mull von den Fingern. Dann schluckt B Mull, weil B dumm ist wie Bs Haut, und dann gibt es morgens Strafe aus der bauchigen kleinen Flasche, weil das so sein muss. Gibt es nur ordentlich Strafe aus der bauchigen kleinen Flasche, ist B nicht mehr dumm. Stimmt aber nicht. B ist und bleibt dumm. Also werden Bs Hände festgehalten, und B schreit und strampelt und weint und bittet, das ist aber dumm, denn Strafe muss sein. C hält fest und A holt die bauchige kleine Flasche aus dem Badezimmerschrank. Die bauchige kleine Flasche in As Händen, und er dreht ihr den Hals um und sie knackt dabei, A drückt mit seinen Fingern den Pipettenkopf zusammen und bräunlich-gelbe Flüssigkeit wird in das Glaslaufrückgrat gezogen, *tsp!*, macht das beim Durchladen. Dann hält C A Bs Hände entgegen. A läuft auf B zu und drückt ab. Bräunlich-gelbe Flüssigkeit schießt auf Wunden und sofort Lichtpunkte gelb vor Eigengrau. Schmerzen, die in den Körper gezogen werden von den Händen her. B ist dumm. B weiß, dass Schreien A wütend macht. Und A lädt nach, wenn B schreit, lädt nach – *tsp!*, und wieder bräunlichgelbe Flüssigkeit, die schießt auf Bs Wunden. *tsp!*, *tsp!*, *tsp!* – bis B nicht mehr schreit.

Die bauchige kleine Flasche eine deutsche Drohung, wenn B wieder böse ist, wenn B wieder lügt, wenn B nicht hört, wenn B nicht aufisst, wenn B nicht gerade sitzt, wenn B nicht lieb ist zu D und nicht lieb ist zu E und nicht lieb ist zu C und nicht lieb ist zu A, wenn B nicht aufhört, B zu sein.

Im Badezimmer steht eine bauchige kleine Flasche, kakaobraun, durchscheinend, um den Hals Plastikkragen, der knackt beim Öffnen, Pipettenkopf auf Glaslaufrückgrat, um den dicken Bauch ein gelbes Etikett, grüne Lettern darauf: Jod.[1]

[1] Beim Schreiben wieder Erinnerung: Ich als Kind, vier vielleicht, kam mit Leistenbruch ins Krankenhaus. „Weil

Du so geschrien hast“, erzählte A die Geschichte öfter, grinste immer dabei, als hätte ich geschrien, weil ein Spielzeug zu Bruch gegangen sei, keine Schokolade durfte oder Mensch ärgere Dich nicht verloren hatte.

Mitte zwanzig bin ich, und A ist in der Stadt, wir treffen uns in einer Hotel-Lobby, wir trinken Whisky, viel davon. Werden beide nicht schnell betrunken – Wille und Gewöhnung: Wille, weil keine Flanke öffnen, Gewöhnung, weil Alkohol als Begleitung bei vielem, bei allem. Trinken und trinken, A spricht von seinen neuen Kindern mit weichen Lippen, ich trinke mit verhärteter Distanz, hinter Stirnstein schreit es, aber *pschhht!* lauter; A spricht und der Alkohol macht seine Zunge träge, spricht von Kinderkrankheiten seiner Söhne vier und fünf, und ohne zu wissen warum, fragt es aus mir ausgerechnet, ob er sich erinnere, wie ich den Leistenbruch bekommen habe. A schaut verachtend, warum interessiere ich mich nicht für meine Geschwister, ich frage wieder, er starrt und flüstert: „Jod“.

Gewalt hat ihre eigene Zeit.[XVII, XVIII]

[XVII.] Sobald Lichtveränderung: Zeitveränderung. Mund wird aufgerissen, Lippen durch Dehnung dünn, Blut wird mit der Spannung aus den Kapillaren verdrängt, Lippen weiß, zwischen Ober- und Unterlippe Speichelfäden. Fäden verändern ihre Form von Säule zu Stundenuhr, Fäden reißen unter Korrosionsdruck Atem, Rum- und Ahornaromaten, unter Spannungsdruck Lippen reißen auseinander. Lippen zu Lefzen, Mundwinkel nach oben gedrückt von Muskeln, die pochen im Unterkiefer. Reißzähne blitzen auf. Unterlippe zuerst in den Mundraum eingesogen, Zunge macht ihr Platz vor den Schneidezähnen, Lippenherz verschwindet im Mundraum. Ist die Oberlippe über die Zähne gezogen, nähert sich die linke Hand den Lippen. Zeigefinger gekrümmt, drückt sich gegen die Unterlippe, presst sie über die unteren Schneidezähne. Perspektive immer Niedrigwinkel: Nasenflügel dehnen sich, rechts schwächer als links, geben bei Lufteinsaugen Sicht auf Nasenhaare frei – Soldaten in geschlossener Formation, die gegen Atem zittern. Was haben die schon zu zittern? Wangenknochen, die treten hervor von Hautspannung durch Lippeneinzug, Augenlider darüber verengt, zwischen schwarzen Wimpern Aufblitzen schwarzer Pupillen, um sie herum ozeanische Drehströmung blaugrau, die alles in die Schwärze zieht, um sie herum rotgezogene Flussarme in gräulicher Trockensteppe, die das Blau der Iris mit Blut versorgen. Brauen ragen über die Steppe, richtungslose Lianen, die nicht mitziehen mit dem Zug der blitzförmigen Falte zwischen den Augen über der Nasenwurzel. Stirn Furchen, Furchen und kleine Löcher, die das Licht in die Haut ziehen. Hand meist erst nach Einschlag im Sichtfeld. Immer die Rechte. Unterscheiden, ob flach oder Faust durch Farbkegel vor dem Eigengrau, durch Schmerz, ob Druck oder Ziehen, Stechen und wie schnell Pochen. Hände meist aus Augenwinkel in der Rückzugsbewegung, ganzer Körper in Aufruhr, Rotationsgeschwindigkeit zurückzuschrauben, einzudrehen zu neuer Ausholbewegung: Schultern, die sich einziehen, Oberkörper, der sie gegen die Schwerkraft zwingt. Das immer aus Augenwinkel linkes Auge, Schädel zur Seite geschmettert. Gab es ein Knacken? Zurückhören und nichts hören und erleichtert sein, zurückhören und ein Knacken hören und fragen: Was war das? Nasenbein? Jochbein? Kiefer? Zahn? Wirbel? Nicht abtasten, Abtasten gefährlich, warten mit Abtasten, sonst beim zweiten Einschlag Auftreffen auf Hand und Finger kann ins Auge gedrückt werden, nicht gut mit schmutzrandigen Kindernägeln. Zweiter Einschlag oft Wechsel von Faust zu flach, selten anders herum, ihm tut die Hand dann weh, habe das oft gesehen, das Ausschütteln und die Wut, dass die Schläge seinen Fingern schmerzen. Schreie oft bis zweiter Einschlag, wortlos, weil Lippen noch eingezwungen über Zähne gezogen. Manchmal Husten, die Lippen, die den Atem nicht freigeben, ihn zurückdrängen, dass er aus der Nase, Haare dann ganz aufgewühlt, aus den Löchern Projektile Rotz. Läuft über die Lippen, der Dreck, und Hand erst das wegwischen, dann noch einmal ausholen. Kopf jedes Mal zurückgedreht – warum eigentlich? – Augen sehen Ausholbewegung, Meidbewegungen setzen ein und scheitern: Arme nicht zu hoch vor das Gesicht, sonst erwischt die Faust die Finger, die Finger brauchst Du aber, brauchst Du, lieber Elle, und an der Handwurzel die Finger eindrücken Richtung Brust. Elle ist stark, Elle kann das aushalten. Kann das aushalten besser als Gesicht, das taub jetzt einseitig, Haut unter Schock, lässt keine Signale mehr weiter, Körper absorbiert Taubheit nach innen, schaltet alles auf stumm. Wenn nach zweiter Einschlag mehr, dann keine Gedanken mehr zum Abwehren. Dann Meidbewegungen. Meidbewegungen bis Einrollen, mit Einrollen Dunkelheit. Mit Einrollen bewegungslos. Atmen nicht vergessen. Luftlos atmen. Aber atmen musst Du. Nicht zittern. Anstrengung aller Muskeln bis Verschiebung des Zitterns nach innen. Anstrengung aller Muskeln bis Verschiebung des Zitterns nach innen zu Beben. Und bloß kein Geräusch mehr machen. Das ärgert ihn. Geräusche nur nach innen, sprechen nur nach innen, schreien nur nach innen, da gibt es eine Stelle, die jeden Klang aufnimmt, der kannst du alles sagen, alles in sie hineinflüstern, alles gegen sie anschreien, bloß nicht laut, bloß nicht laut. Alles nach innen bewegen, Körper versuchen, nach innen zu bewegen. Geht durch Verschwinden in den Boden, Verschwinden in den Teppich, durchlässig werden, dass seine Füße durch den Rücken gehen ohne Widerstand. Widerstand nicht klug, Widerstand bedeutet Schmerzen. Schmerzen kannst Du nicht so lange, das weißt Du, also durchlässig werden bis kein Widerstand, durchlässig werden bis durchsichtig. Hilft nicht. Trotzdem da, der Gedanke. Trotzdem da die Schreie nach innen und das Flüstern. Trotzdem da, die Taubheit, trotzdem da, das Zittern nach innen. Trotzdem da, die Tränen nach innen. Trotzdem da, die Verzweiflung. Trotzdem da, die Traurigkeit. Alles da, alles im Körper, da gibt es noch Platz, irgendwo. Da gibt es noch Platz.

Nach der Gewalt liegenbleiben. Liegenbleiben, nicht bewegen. Nicht bewegen bis letzte Verachtung für jetzt hören. Nicht bewegen, bis Augenwinkel Lichtveränderung rückwärts. Nicht bewegen, bis Schritte hören, die aus dem Zimmer. Stimme hören, die in anderem Zimmer. As Stimme, die sich bei C beklagt, wozu ich ihn bringe, wieder. Stimme hören, die in anderem Zimmer am Telefon. Stimme hören, die summt im Bad. Bewegen dann: abtasten. Bewegungen vorsichtig, prüfen, ob alles möglich. Wenn aufstützen, dann über Knie und Ellenbogen. Dann aufdrücken wie Hund, wie Käfer, wie Kind.

Das alles: eine Minute. Das: Ausdehnung über alles Leben.

XVIII. Englische Kinder, sie stellen Stuhlreihen auf, eine hinter der anderen, Längsabstand zwischen den Stühlen drei Fuß, zwischen den Reihen vier – darüber streiten sich zwei, messen die Abstände in Schuhgrößen 9 und 12, in Riesenschritten die Füße zwischen den Reihen, die Beinlänge des einen Kindes kleiner, des anderen größer, behaupten beide: Spanne vier Fuß. So stehen die Reihen in Schrägen, Stühle wie Birkenwald oder Stühle wie Gräber. Es ist ein großer Saal, es gibt eine kleine Bühne. Auf der Bühne sitzen zwei Erwachsene, Mann und Frau, lassen die Beine über den Bühnenrand baumeln, klopfen mit den Hacken gegen die hölzernen Podestblenden. Mann hält eine Taschenlampe in der Hand, Frau ein Fernglas, Feldstecher. Beobachten Kinder, die aufstellen Stuhlreihen, kommentieren, one more in row six, one less in row eight etc. Alle Stühle aufgestellt beginnt das Flüstern, beginnt das Zittern, beginnt das breite Grinsen – ein Raum Vorfreude im Stuhlreihenwald. Erwachsene stehen auf, erklären die Regeln: Sie sind die Guards, wir die Infantry, der Bühnenrand watchtower, die Bühne ammunition depot. Gleich stellen die Kinder sich ganz hinten im Raum in eine Reihe. Die guards erklären: Die Infantry muss von hinter der letzten Stuhlreihe bis hin zum Bühnenrand rennen, robben, krabbeln, schleichen, das ist den Soldat*innen überlassen, berührt ein*e Soldat*in den Bühnenrand, zerspringt der watchtower, und alle Soldat*innen dürfen das ammunition depot stürmen. Flüstern unter den Kindern, Strategien werden ausgeheckt. Aber. So einfach ist das natürlich nicht. Denn gleich wird das Licht gelöscht. Rennen, robben, krabbeln, schleichen: im Dunkeln. Ein Guard sucht die Soldat*innen mit der Taschenlampe, ein Guard folgt dem Lichtstrahl mit dem Feldstecher. Wird ein Soldat mit dem Lichtstrahl getroffen, der Name einer Soldatin ausgerufen, ist er tot und sie muss liegen bleiben dort, wo der Lichtstrahl sie getroffen hat. Three-two-one: Licht aus. Kinder werfen sich auf den Boden. With a flick of the switch: Kinder Soldat*innen jetzt. Lichtstrahl wandert über die Köpfe. Verstecken hinter Stühlen – weniger Stühle in einer Reihe als Kinder, und schon beginnt das Schubsen und Drängeln: Ich muss hinter den Stuhl, das Kind neben mir wird getroffen vom Licht, stirbt, liegt dort auf dem Boden, enttäuscht im Tod. Reihe für Reihe nach vorne arbeiten, über allem der Lichtstrahl. Der Lichtstrahl, wie er den Raum in wandernden Streifen aufteilt, ausweichen schnell, dann nicht bewegen, der Lichtstrahl, wie er Kinder trifft. Mit jeder Reihe, die gewonnen wird, Herzschlag schneller und Geschmack von Sieg auf der Zunge – bloß nicht schlucken, das macht unvorsichtig. Reihe für Reihe nach vorn. Bedeutet bald, über Kinderleichen steigen und den Blick dabei nicht auf Bauch, Rücken, Hand, Fuß – immer den Blick auf dem Lichtstrahl halten, bedeutet, Leichen machen Geräusche, *ow! ah! oi! watch it!*, Kinderleichen spüren Schmerz – wussten Sie das nicht? Je länger das Spiel, desto mehr Leichen. Desto weniger Soldat*innen stürmen das ammunition depot – oder wird am Ende keiner überleben? Nicht zu viele Gedanken machen, beim Lichtstrahl bleiben, beim Lichtstrahl bleiben und bei der Angst. Knie schmerzen, Ellenbogen schmerzen, Herz schlägt zu schnell, Schwitzen, flaches Einatmen, immer wieder Luft anhalten. Je näher am ammunition depot, desto öfter fällt ein Kind auf dem Feld, wird ein Kind auf dem Schlachtfeld gefällt. Ein Lärm ist das! Überall Schreie, überall Geräusche fallendes Kind, Stöhnen, letztes Ausatmen. Ein Lärm! Stuhlreihen nicht mehr Birkenwald, Stuhlreihen Friedhof, Stuhlreihen offene Gräber. Vorsicht! Wo ist der Lichtstrahl? Wo? Siehst Du den Lichtstrahl nicht, ist er direkt vor Dir, scheint auf den Stuhlrücken, hinter dem Du Dich versteckst, kann der brennen durch das Holz? Durch den Stein, das Grab? Da!, schnell schneidet Lichtstrahl die Luft und da!, ein Kind fällt. Ruhiger wird es, je länger das dauert, je mehr Soldat*innen gefallen. Macht das Spiel für die Letzten nur gefährlicher: Bald haben die Guards auch den Klang als Komplizen. Bedeutet: Lichtstrahl immer schneller, immer erratischer, folgt Klappern, Klimpern, Klopfen, blitzt mal da, blitzt mal dort, trifft nicht mehr so häufig, aber wenn, dann stöhnen viele

Kinderleichen auf, schnalzen enttäuscht mit Zungen, zischen *who's left*? Raunen Überlebende wie Heldennamen. Nicht ablenken lassen, den Lichtstrahl weiter im Blick, er ist ganz weit weg, dort hinten, Lichtstrahl ganz weit weg. Ellenbogen entschlossen auf den Boden, Schmerzen ganz vergessen, nach vorne ziehen, langsam, langsam, nicht nach vorn schauen, nur dem Lichtstrahl folgen! Langsam, gleich geschafft, kein Atmen, kein Schwitzen, vor dir ein Körper, eine Kinderleiche, die schaut dich an mit aufgerissenen Augen, schreit tonlos: *quick*! Im Dunkeln Augenweiß weißer, Augenschwarz schwärzer, langsam, langsam, Kopf inzwischen nur noch von Dunkel verdeckt, das ist gefährlich, Guards kennen den Kopf, können Kopf mit Namen verbinden, nicht so einfach bei Bauch, Rücken, Arme, Beine, Hintern, der Kopf muss schnell weg hinter Stuhl, hinter Grabstein, Soldat wird es schaffen! Aber da, da ist Kinderleiche, und da ist Kinderleiche und da, alle Wege versperrt, Idee: Leiche spielen, dann kann auch Lichtstrahl dir nichts anhaben. Im Tod verschwinden, dann kann der Lichtstrahl das nicht machen, kann der Lichtstrahl dich nicht – B!

Lichtpunkte weiß, und ich bin tot.

Das Spiel: German Torchlight[1].

[1] Arbeite Jahre später an a-Theorien und b-Theorien im Spiel um Verständnis der Zeit. a-Theoretiker*innen, Präsentist*innen, vertreten die Position, dass unsere prätheoretische Vorstellung von Zeit als fließend oder vergehend etwas Objektivem und Realem entspricht. b-Theoretiker*innen, Eternalist*innen, hingegen lehnen die Vorstellung vom Vergehen der Zeit ab und vertreten stattdessen die Auffassung, dass die Zeit eine Dimension ist wie der Raum. a-Teams kämpfen seit Jahren mit b-Teams. Denn letztlich werden durch a und b Aussagen über Existenz ermöglicht bzw. Nichtexistenz.

Die *Moving-Spotlight*-Theorie stimmt mit dem Präsentismus darin überein, dass alles so ist, wie es jetzt ist. Jetzt wie Gegenwart. Aber nicht JetztistgleichGegenwart. Denn: Nicht-jetzt-gegenwärtige Entitäten sind nichtsdestotrotz gegenwärtig, nur eben nicht jetzt. Sie sind verteilt im Raum, aufgestellt. Es wird argumentiert, dass die Moving-Spotlight-Theorie die beste Erklärung für Wahrheitsträger für Behauptungen über das, was der Fall war oder sein wird, liefert. Schließlich kann ich sagen, zu t_1 war etwas gegenwärtig und zu t_3 wird etwas gegenwärtig sein. t_1 und t_3 sind dabei nicht jetzt. Also jetzt wie im Moment, in dem ich dies schreibe oder dies sage oder dies denke usf. Alle Entitäten, alle Ereignisse können so in der Zeit wie Raum verteilt werden und das Moving Spotlight macht die Entitäten, Ereignisse usf. privilegiert, macht sie Jetzt. Nicht nur in unserer Wahrnehmung, sondern in ihrer Existenz.

Denke darüber nach und denke seine Gewalt. Und denke Erinnerung. Denke alle Gewalttaten verteilt in einem Raum, denke mich bewegend durch diesen Raum. Denke, German Torchlight. Denke, egal wo ich mich bewege, immer Lichtstrahl. Macht kein Jetzt privilegiert. Macht seine Gewalt privilegiert, die auch im jetzt Jetzt werden kann in Erinnerung. Empfinde sie als jetzt, immer und jetzt ist immer jetzt.

Es gibt eine Gewalt, die Angst.[XIX]

[XIX.] Zu Angst ein differenziertes Verhältnis zu haben bei Angst vor: Angst vor Zunge und ihrem nächsten Ansturm, Angst vor Lichtveränderung, Angst vor Lippen, die sich über Zähne ziehen, Angst vor Händen, Angst vor flacher Hand, vor zu Faust geballter Hand, Angst vor Gewicht.[1]

Jede Angst unterschieden, auseinanderzuhalten in Intensität, aufzufächern nach Atemnot, Benommenheit, Schwindel, Herzrasen, Zittern, Beben[2], Schluckbeschwerden, Schwitzen. Zu Angst ein differenziertes Verhältnis haben nach Art der Angst: Vor allem eine: Todesangst[3].

[1] Warum mache ich das? Mache ich das immer wieder? Schreibe es falsch, lasse es stehen, sollte so schreiben: Angst vor *seiner* Zunge und ihrem nächsten Ansturm, Angst vor der Lichtveränderung, Angst vor *seinen* Lippen, die sich über *seine* Zähne ziehen, Angst vor *seinen* Händen, Angst vor *seiner* flachen Hand, vor *seiner* zur Faust geballten Hand, Angst vor *seinem* Gewicht.

[2] Sage ich Beben, meine ich nach innen gelagertes Zittern. Nahe an der Wirbelsäule verortet, zwischen Brust und Steiß eine Vibration, ein Ton, eine Abfolge schneller Schwingungen, unterbrochen durch Schübe Adrenalin, dann schnellere Schwingungen, Vibration fast zur linearen Bewegung. Hält an über Gewalt hinaus. Wann genau, wonach oder während was nicht herstellbar, aber irgendwann verstehen, dass alles sichtbar Eingeschriebene meiner Gewalt, seiner, eine Provokation für ihn darstellt. Am wütendsten bei Tränen*, dann bei Zittern. Zittern nach innen zu verlagern früher gelernt als Tränen nicht mehr fließen zu lassen. Tränen bis heute kaum möglich,

und wenn, dann immer gebunden an Erinnerung, macht Trauer unmöglich, selbst dieser Raum ist eingenommen durch seine Gewalt.

* Was soll das heißen, wütend bei Tränen? Soll heißen, in mich eingebrannte und auf Papier gedruckte Erinnerung: Sitzen auf Tripp-Trapp-Hochstuhl und Tränen. Traurigkeitstränen, Wuttränen. Schreibe das und erinnere, das schon einmal geschrieben zu haben, Übersetzung aus der Schutzsprache:

Das Bild eines Jungen, eines Kleinkindes, in einem Hochstuhl, weinend. Weinend vor Wut. Wut und Unverständnis. Unverständnis über die Inkohärenz. Die Inkohärenz seiner Gefühle und der des Fotografen. Der Fotograf ganz Gelächter, und der erste Satz, den ich erinnere zu hören, zu verstehen und nicht zu verstehen: „Damit du eines Tages sehen kannst, wie lächerlich du aussiehst." Die Augen des Kleinkinds weit aufgerissen, sein Mund weit aufgerissen, sein Luftschnappen, sein Trauerschlucken. Im Bildhintergrund gerade auszumachen ein Fernsehapparat, aufgebaut auf Buchentischplatte. Auf dem Schirm flackert: Ronald Reagan, und ich erinnere mich deutlich an seine Worte: „Wir beginnen in fünf Minuten mit der Bombardierung", und der Gedanke, der mir durch den Sinn schoss, „beginnt hier, beginnt jetzt".

Wütend bei Tränen bedeutet das: sie als lächerlich zu empfinden. Das Kind als lächerlich zu empfinden. Das macht ihn wütend, dass ich lächerlich bin.

[3] Todesangst. Darin kein Licht irgendwo, keine von irgendwoher kommende Wärme, keine Flashbacks, nur Erinnerung, selbst erzwungene: Wie habe ich das letztes Mal geschafft? Hier lag ich schon einmal, mit dieser Angst, dieser anderen Angst, dieser anderen Kategorie –

wie habe ich es da überlebt? Was hat der Körper gemacht? Hinter Stirnstein Ordnung erzwingen sinnlos, nur nach Körper fragen: Was hat der Körper gemacht vor dem nächsten Einschlag? Was hat der Körper gemacht? Was machst Du, Körper?, schreit es hinter Stirnstein, Was machst Du nur? Körper antwortet nicht. Körper ist nur Körper jetzt, braucht keine Fragen, alles in Aufruhr, dass Körper taub selbst gegen das lauteste Schreien hinter dem Stirnstein. Körper zwingt Luft in die Lunge, Körper zwingt Blut in Arterien, in Venen, in Kapillaren. Macht nur das, nur das, und hinter dem Stirnstein Schreie, hinter dem Stirnstein, *warum hört er denn nicht?*, hinter dem Stirnstein Körper zum Feind geworden, hinter dem Stirnstein nur noch eines: Todesangst. Todesangst, die keine Angst ist. Die nur in Rückschau Sprache formt zu dieser falschen Bezeichnung, falschen Bedeutung. Angst immer verbunden mit Vorahnungen, was folgen könnte. Was folgen kann. Was folgt. Aber das Vorahnen ist entscheidend, macht die Angst. Todesangst ist keine Vorahnung, sie ist Wissen. Ist Wissen in dem Moment. Wissen: Gleich bin ich tot.

Verändert etwas, Todesangst. Verändert vieles. Einmal Todesangst gespürt, ist die Breite der Empfindungen so ausgeweitet, dass sie sich nie mehr verengen lässt.

Erinnerung: Sind zu zweit in dem Haus, sind allein in dem Haus, A muss arbeiten, B muss still sein. B ist in seinem Zimmer, hat die Tür geschlossen, sitzt im Schneidersitz auf dem Bett und liest und hat einen Kakao, eineinhalb Löffel löslich, Milchkarton an den Tassenrand und Fluss weißer Flüssigkeit abzählen, one, two three, four, five, six, seven, eight auf Beistelltisch neben sich gestellt. B liest von einem Vater und seinem Sohn: Es gibt einen bösen Herrscher im Städtchen, wo Vater und Sohn leben, der besteht darauf, dass seine Untertanen ihm gehorchen, der will, dass selbst wenn er in seinem Schloss ist, seine Untertanen an ihn denken und Angst haben. Der lässt auf dem Marktplatz einen Stock in den Boden rammen und setzt dem Stock seinen Hut auf. Die Untertanen sollen jedes Mal, wenn sie an dem Hut vorbeigehen, sich verbeugen, als stünde auf dem Marktplatz nicht ein Stock mit Hut, sondern der Herrscher. Der Sohn findet das lustig, den Vater macht das wütend. Der Vater weigert sich, sich vor dem Stock zu verbeugen und wird von anderen Bewohnern des Städtchens verpfiffen. Der Herrscher droht, er werde Vater und Sohn töten, es gebe aber einen Ausweg: Schnappt sich den Sohn, setzt ihm einen Apfel auf den Kopf, sagt dem Vater, er werde beide nicht bestrafen, wenn er es schaffe, den Apfel mit einer Armbrust vom Kopf des Sohnes zu schießen. Der Vater möchte das nicht, der Sohn ermutigt ihn, er werde das schaffen, der Vater nimmt sich zwei Pfeile, schießt mit dem ersten Pfeil dem Sohn den Apfel vom Kopf, wendet sich an den Herrscher und sagt, wenn er seinen Sohn und nicht den Apfel getroffen hätte, wäre der zweite Pfeil für die Brust des Herrschers gewesen. B liebt das Buch. Liest es immer wieder, achtet auf das Buch, dass es nicht schmutzig wird, dass die Seiten nicht verknicken, Bücher hat er in einem Regal, dieses Buch liegt in einer Schublade im Beistelltisch. B sitzt im Schneidersitz auf seinem Bett und liest bis zu der Stelle, an der der Vater den ersten Pfeil in die Armbrust einsetzt, möchte dann kurz durchatmen, das Ende nur ein wenig aufheben. Einen Schluck Kakao, vielleicht zwei oder drei Schlucke, dann geht es weiter. B möchte nach dem Kakao greifen, rückt den Oberkörper vor, aber Beine sind eingeschlafen, haben nichts der Anspannung der Bauchmuskulatur entgegenzusetzen, Schwerpunkt so verlagert, kann B vor allem der Schwerkraft nichts entgegensetzen, also fällt B vom Bett. B fällt, trifft im Fallen mit schlafendem Unterschenkel die

Tasse, beide purzeln zu Boden: B mit einem Krachen, Tasse mit einem Klirren. Bs Kopf fragt wo, fragt was, fragt wie, dabei Schädelpochen und Verschwommenes im Sichtfeld, langgezogener Ton im Ohr, und immer wieder ein Schrei hinter Stirnstein: *psssst! Das war zu laut, zu laut! A muss doch arbeiten!* B schüttelt Schädel, Sichtfeld schärfer, Ton nur nicht leiser, dreht sich auf den Bauch, denkt B intakt, sieht Tasse zerbrochen, Kakao läuft über den Boden, Scherben Staudämme, Scherben Leitgräben, brauner Fluss Richtung Hals, aber da ein Stauwall: das Buch! Braune Flüssigkeit zieht zwischen Seiten, das darf nicht sein, das darf nicht sein, in rascher Bewegung stützt B Fingerflächen, Handwurzel gegen den Boden, das war ein Fehler, scharfes Ziehen von der Hand über Elle und Bogen in Oberarm hinein, hinter Stirnstein wissen, dass das tief, und aufschreien und hinter Stirnstein wieder anderes Schreien: *psssst!, das ist zu laut, das ist alles zu laut, A muss arbeiten!* Dabei langgezogener Ton immer noch da, mischt sich mit Aufschrei und Aufschrei stoppen und Augen zumachen, B hört nur Ton, atmet tief ein, zieht Hand dann vor die verschlossenen Augen, zieht langsam die Lider auseinander, und sieht: Tasse Scherbe ragt und Blut fließt in starkem Strom aus Handfläche. Blut läuft von Scherbe über Fläche, über Ballen, und tropft auf Boden, tropft auf Kakao, und B schaut, wie Blut auf Kakao trifft, Rot auf Braun, wie Blut schwebt auf Kakao wie Ölfilm auf Wasser, Rot auf Braun, Hand dabei ein einziges Pochen, dann Lichtveränderung. Einschlag gegen Ohr, Lichtpunkte Gelb und Eigengrau. Sofort wissen: A, flache Hand, und Körper vergisst Scherbe, nur Ton weiter im Ohr, rasch übergehen zu Meidbewegungen, ohne Denken Hand zum Ohr, ist es noch dran?, und scharfer Schmerz, Scherbe tiefer in Hand gedrückt, Tränen schießen in die Augen, das sollen sie nicht, Aufschrei übertönt von A, der steht als Umriss im Zimmer und brüllt: „Hatte ich nicht gesagt:

Ich brauche Ruhe!" Umriss klarer und Wut sehen. Angst. Umriss klarer und Wut sehen und As Lippen über die Zähne gezogen sehen. Angst. Umriss klarer und Wut sehen und Lippen über die Zähne gezogen sehen und gekrümmten Zeigefinger, der zwischen die Lippen sich legt. Angst, und wissen, was gleich geschieht. B reißt die Hand vor das Gesicht in Erwartung des nächsten Einschlags, drückt die Lider zusammen, A brüllt wieder: „Ich brauche RUHE!", greift Bs Daumen, zerrt am Daumen die Hand weg vom Gesicht und wieder: fünf Finger, Fläche, Ballen schlagen in das Gesicht, Bs Körper noch nicht vorbereitet, so hebt der Schlag Bs Körper vom Boden, Bs Daumen immer noch von As Faust umschlungen, und Körper vom Boden gehoben durch Schlag und Körper dreht sich ohne Wollen, und Bs Daumen wird Richtung Handrücken gedrückt, und durch Ton und durch Einschlag Krachen und durch Winseln hindurch hört B ein Knacken, das kommt vom Daumen, und Augen öffnen sich und sehen den dann, abgespreizt von der Hand, Nagel hängt in unbekanntem Winkel, und Wille, den Daumen zu bewegen, wird nicht befolgt. Daumen baumelt und nur Bewegungsecho vom Schlag macht ihn sich rühren, Daumen stößt immer wieder gegen Scherbe, die ragt aus der Fläche, und Blut jetzt viel, B wird übel, Speichel schießt in den Mund, da kommt der nächste Einschlag, Hinterkopf. Macht, dass Mund sich öffnet, macht, dass Speichel ausschießt aus dem Mund, macht, dass der landet weiß auf Kakao braun und Blut rot und auf As Schuh schwarz. Das macht A noch wütender, und die Schläge in rascher Folge gegen Gesicht, dann Tritte gegen Bauch, und ganzer Körper nur noch Schrei, und will einschlafen, der Körper. Der jetzt nicht mehr Ohr, nicht mehr Hand, nicht mehr Schädel, der nur noch Fläche und hinter Stirnstein Schreie gegen die Fläche, in Verzweiflung Bs Angst und wissen: Hier war B schon einmal, mit dieser Angst, dieser anderen Angst, dieser anderen Kategorie, wie hat er es da überlebt? Was hat der Körper gemacht? Hinter Stirnstein Ordnung erzwingen sinnlos, nur nach Körper fragen: Was hat der Körper gemacht vor dem nächsten Einschlag? Was hat der Körper gemacht? Was machst Du, Körper?, schreit es in B hinter Stirnstein, Was machst Du nur? Körper antwortet nicht. Körper ist nur Körper jetzt, braucht keine Fragen, alles in Aufruhr, dass Körper taub selbst gegen Bs lautestes Schreien hinter dem Stirnstein. Körper zwingt Luft in die Lunge, Körper zwingt Blut in Arterien, Körper zwingt Blut in Venen, Körper zwingt Blut in Kapillaren. Macht nur das, nur das, und hinter dem Stirnstein Bs Schreie, hinter dem Stirnstein *warum hört der Körper denn nicht?*, hinter dem Stirnstein Körper zum Feind geworden, hinter dem Stirnstein nur noch eines: Todesangst. Todesangst, die keine Angst ist. Die Wissen ist: Gleich bin ich tot.

Es dauert noch etwas, da hat A sich erschöpft. Lässt B liegen auf Boden, lässt Fläche liegen auf dem Boden. Bs Augen sehen etwas, aufgeschwemmt, weil aufgesogen braun von Kakao, rot von Blut, weiß von Speichel: das Buch.

B muss ins Krankenhaus, Bs Hand will nicht aufhören zu bluten, und Bs Daumen lässt sich nicht bewegen. „Jetzt schaffe ich gar nichts mehr“, kommentiert A auf der Fahrt. Im Krankenhaus weint B viel, eine Ärztin spricht mit A, der sagt, *hingefallen*, der sagt, *blöd aufgekommen*, der sagt, *Kinder, Sie wissen schon*, der sagt, *Daumen nicht bewegen*, und schaut auf B, wie Mensch auf Erbrochenes schaut. Ärztin macht Hand nass mit Flüssigkeit, die brennt, näht dann zuerst Hand, macht dann Bilder von Hand, die sind schwarz und weiß und zeigen Knochen und Fleisch und Haut nur Schatten. Die zeigen B, wie B sich jetzt denkt. *Ausgekugelt*, sagt die Ärztin, greift Daumen, lenkt B mit Fragen nach Wetter ab und kracht den Daumen weg vom Baumeln. Verband um Hand, der ist eng und Pochen jetzt von Naht und Pochen vom Daumen und Krachen. A und B fahren zurück zum Haus, C, D und E immer noch nicht zurück, A zerrt B am Kragen, zerrt B am Haar hoch in Bs Zimmer, schubst B zu Boden, zu Braun, zu Rot, zu Weiß, sagt A: „Räum das jetzt auf“, und „Wenn ich noch ein Wort von Dir höre, bringe ich Dich um“. B räumt auf, C, D und E kommen zurück, A und B und C und D und E am Tisch, „Was ist mit Deiner Hand?“, fragt C, „Er hat sich geschnitten“, antwortet A – „musste sogar genäht werden, jetzt habe ich natürlich gar nichts geschafft“.

Es gibt eine Gewalt, die Scham.[xx]

xx. *Vor wem?*, fragt es sich, und ich antworte schneller, als mir lieb ist: Vor mir. Auf meinen Körper schauen und Ziel von Gewalt sehen und Narben sehen und mich schämen. In den Spiegel schauen und meine Augen sehen, die sich selbst kaum ertragen, weil sie sich und mich und sich als Ziele von Gewalt sehen und sich schämen. In den Spiegel schauen und Augen sehen und Blick ausweichen, weil alles gefährlich. Meine Stimme hören und seine Stimme hören und mich schämen, weil wissen, das ist das Schamzentrum: dass ich mich kenne, dass ich meine Stimme kenne, dass ich meine gebeugten Knie kenne – im Betteln. Ihn nicht fragen, nicht bitten, nicht anflehen: betteln.

Dass ich mich kenne im Betteln. Das als Selbstbild behalten.

Vor wem?, fragt es sich, und ich antworte langsamer: Vor anderen. Dass sie das nicht sehen, dass sie mich nicht sehen, dass sie nicht seine Gewalt als meine sehen. Dass, wenn sie es sehen, sie nicht trennen können. Dass sie seine Gewalt lesen, sie hören, sie sehen, wie sie an mir sich festhält, sich einnistet in mir. Dass dann kein *pschhht!*, auch nicht mein eigenes.

Es gibt eine Gewalt, die männlich.[XXI]

XXI. Wollte zuerst schreiben: *Jede Gewalt ist männlich.* Habe das verworfen. Ist immer noch in den Gedanken, zu tief, der Männlich-Haken im Gedankenfleisch, das dann unangenehm auf mehreren Ebenen. Gedanken streifen Testosteron als Katalysator von Gewalt, verlassen das schnell wieder. Denke, konzeptualisierte Männlichkeit und dass sie keiner Männer bedarf für ihre Performance, denke Butler, West, Connell, finde Anknüpfungspunkte und keine Anknüpfungspunkte. Es gibt eine Gewalt, die männlich. Es gibt statistische Korrelation zwischen männlich und Gewalt, denke Edwards. Kimmel kommt vorbei und sagt etwas von inhärent. O.k., o.k., o.k.: Nur bei strukturell knirscht es wieder allerorts, kann nicht passen, Überschneidung nicht Identität, strukturell nicht personal trotz Schnittstellen. Gewalt in einer Struktur, Struktur Familie, pater familias, nein, nein, nein, komm schon, alles zu einfach, alles untertourig[1], das ist es alles einfach nicht. Kann bedeuten, Gewalt als realisierte konzeptualisierte Männlichkeit. Denke, was soll das, *männlich*?, wenn in so vielen Zusammenhängen dieses Wort bedeutungslos geworden, glücklich gelöst aus Konstrukten Tradition, aus Übermittlung, aus Erwartung; enttarnt als platonische Pustel. Aber was, wenn nachts dieses Bild sich über mich beugt, der Atem – gesättigt von Tabak, süßlich, versetzt mit Rum- und Ahornaromaten, Kaffee, zwei Löffel löslich, Milchkarton an den Tassenrand und Fluss weißer Flüssigkeit abzählen, one, two, three, Zahnstein – auf meiner Haut, in meinem Mund, in meiner Lunge das Wort flüstert, faucht: Mann. Das nicht glücklich gelöst, das immer, immer eingekocht.

Unangenehm: Denke an weibliche Ausüberinnen von Gewalt. Denke das als nicht entscheidend – denke, Cs Gewalt ist männlich, auch wenn sie nicht. Denke einfacher, denke Tier, denke Rudel, denke Herde, dann Erinnerung: In einer weißen Küche, A, B, C, D, E sitzen um einen Tisch und A ist gut aufgelegt. A erhebt sich vom Tisch und lacht, springt in die Luft, geht beim Bodenauftritt in die Hocke, ganzer Oberkörper gekrümmt, legt die Knöchel auf den Boden, Knöchel stützen sein Gewicht, A wippt dann hin und her, macht gutturale U-Laute, kleine Sprünge auf dem Küchenboden, richtet sich dann auf und klopft mit den Fäusten auf seine Brust, schreit. D lacht „Gorilla!", C spielt, dass sie das nicht mag. „Hör auf!", ruft sie, A klopft auf Tisch, alles vibriert, A macht „u-u-u" und D gibt ihm eine Banane. A schält sie mit den Lippen, „u-u-u", stopft sie in den Mund, einiges geht daneben, D lacht, in Es Augen sehe ich Verwunderung, weil Unordnung böse, C: „Hör auf", A spuckt Banane und legt ihr die Hand in den Schoß.

[1] *untertourig*. [ˈʊntɐtuːrɪç]. Ein Wort aus seinem Lexikon, vererbt, verinnerlicht. Zugrunde liegen Vorstellungen Mensch-Maschine, Kopf-Maschine, Kopf braucht Impulse, beruhigt sich nur bei Input-Blitzen, wird wütend bei Gedanken zu einfach, Gedanken zu wenig, Maschine nicht ausgefahren.

Jede körperliche Gewalt ist sexualisierte Gewalt.[XXII]

[XXII] Nicht jede körperliche Gewalt setzt Sexualorgane als Instrumente der Gewalt ein. Führt Gewalt an Sexualorganen aus. Ist in seiner Ausübung unmittelbar mit Sexualität verbunden, ist unmittelbar sexuelle Handlung, Sexualität als Angriffsfläche[1]. Aber jede Gewalt ist sexualisierte Gewalt, insofern der sie Ausübende Lust in ihrer Ausübung empfindet. Unmittelbar. Mittelbar. Es gibt Gewalt, die Sexualorgane als Waffe benutzt. Es gibt Gewalt, die Geschlechtsorgane zum Ziel hat. Es gibt Gewalt, die Geschlechtlichkeit zum Ziel hat. Jede Gewalt bietet sexuelle Entlastung dem, der sie ausübt. In der Gewalt erhöhter Herzschlag, Stöhnen, Grunzen, Adrenalinwelle, Cortisol- und Endorphinausschüttung, Dopamin, Dopamin, Dopamin, Rausch, Euphorie[2], Wiederholung. Wiederholung. Muss es immer wieder suchen, dieses Gefühl, muss das ausüben, immer wieder, was es herbeiführt. Suchtdruck, Lustzwang, Leidgier.

[1] Erinnerung: Ich ca. acht, in der Badewanne, keine Lust, aus dem Wasser zu steigen, auch wenn Rufe, „raus jetzt!", im Wasser bis heute Beruhigung der Haut, nirgends sonst erreichbar. Blaue Kacheln, Körper nimmt bläulichen Schimmer an unter dem Wasser. „Raus!" Kopf unter Wasser, Augen schließen, Luft anhalten, Tiefseetaucher spielen. Kachelfarbe wird in Gedanken zu Wasserfarbe, Licht als Strahlen, die immer tiefer locken, Schätze heben! Luft dünn in der Brust und Singen im Ohr, auftauchen, langsam, noch vorbei an den versunkenen Schiffen, die dort in der Badewannentiefsee untergegangen waren, Korallenkonstellationen, riesige Kraken, Freunde von mir. Auftauchen und einatmen vor ausatmen vor Augen öffnen. Und Ohren über das Wasser, und A schon hören, Augen öffnen und erschrecken, und Lippen über die Zähne

gezogen, Hände heben in Erwartung, „Komm da jetzt raus mit Deinem Schwänzchen“, raus, Tür offen gelassen, vom Flur: „Sofort!“ Es dauert etwas, bis ich verstehe, dass er meinen Penis meint mit dem Schwänzchen. Verstehen tat ich das nicht. Wozu sollte ein großer Penis gut sein?, war er da, um zu pinkeln, spielte bis neun, zehn, elf keine weitere Rolle, hatte nur das und einen besonderen Schmerz, wenn Cricketball oder Rugby oder Fußball between the legs, in the goolies, balls, bollocks, gonads, cricketball, rugby oder Fußball, oder Fuß oder Faust.

„Schwänzchen“. Stand seitdem neben Segelohren, Wanst, Witzfresse, Dummkopf, Idiot, Schwachkopf, Wurm, Arschlosch, Depp, Versager, Null, Trottel, Zwerg, Schwein im Regal Erniedrigungsworte. Alles ich, alles B, das verstand ich. Das verstehe ich.*

* Überarbeite, streiche, streiche, streiche, und diese Passage stand gerade noch im vorigen Absatz:

So. Nein, ich werte diese Episode nicht als Gewalt. Das Regal Erniedrigungsworte erst recht nicht. Erinnerung beim Schreiben, mehr nicht, und dann doch mehr, macht mich nervös, weil Erinnerung. Erinnerung, die weiß, da gibt es noch etwas. Die heißt, nicht Erinnerung finden. Die heißt, Erinnerung nicht finden wollen. Die heißt, Erinnerung nicht finden können. Die heißt, die Anstrengung fühlen, die es die Synapsen kostet, die Tür geschlossen zu halten, hinter der das Etwas ist. I locked the door and threw away the house. Aber da ist etwas. Etwas Schlimmeres. Etwas, das gedruckt ist in meine Empfindungen, etwas, das nicht –

Und ich frage mich, warum ich das schreibe, das sei keine Gewalt. Frage Aimée, die schreibt an den Rand, natürlich ist das Gewalt, und ich verstehe sie, kann es aber nicht schreiben. In mir zu stark: keine

Handfläche, keine Faust, kein Tritt: keine Gewalt. Widerspruch, Widerspruch, Widerspruch – ja, verdammt, ja! Und da kommen meine Gedanken nicht weiter. Wieder nicht weiter.

[2] Seine Gewalt beginnt im Akt mit dem Höhepunkt: Faust, Ellenbogen, Handfläche und Handflächen, Füße – der erste Schlag, der erste Tritt immer der heftigste. Nach dem stärksten Einschlag, Aufprall, alles danach Stoßen Richtung Müdigkeit: Stoßen, stoßen, stoßen, bis der letzte Schlag schlaff, bis das Atmen ruhig, bis aufstehen, umdrehen, zurücklassen zuletzt.

Gewalt schafft Hierarchien.[XXIII]

XXIII. Sagt, Schau, da ist es schlimmer, sie hatte ein Schicksal schwerer als Deines[1,2,3]. Hört und liest und liest und hört von Gewalten, bringt sich damit in Beziehung, vergleicht, tut ab, sagt „normal"[4,5,6,7].

[1] Es passt zur Gewalt, Worte wie Schicksal zu benutzen. Gewalt ist immer Großes Besteck. Ist immer große Geste. Ist Großkotz. Steht ohne Hemd im Raum, reibt sich Brusthaar, raunt *Schicksal*.

[2] Radio spielt, Sprecherin ruft in den Hörgang Alphabet bewaffneter Konflikte: Afghanistan, Ägypten, Äthiopien, Chile, Demokratische Republik Kongo, Indien, Indonesien, Irak, Israel, Jemen, Kamerun, Kolumbien, Mali, Myanmar, Mosambik, Nigeria, Pakistan, Philippinen, Somalia, Südsudan, Syrien, Taiwan, Thailand, Türkei, Ukraine, Zentralafrikanische Republik – ruft von Folter, von Hunger, von Mord, von Vergewaltigung, von Krieg, und im Denken, beim Schreiben, beim Korrigieren immer wieder Schamfragen: Warum macht Dich seine Gewalt, Deine, so fertig in Anbetracht anderer Gewalt? Ich muss ein Recht haben an seiner Gewalt, sagt es darauf irgendwo, und meine Stimme wie seine lacht das weg, ~~streicht das durch~~.

[3] Hierarchien auch in meinem Kopf. Es ist 2020, es ist 2021, es ist 2022 und immer wieder wird über Gewalt geschrieben, Anstieg Gewalt während Lockdowns, Anstiege Gewalt, weil so viel mehr Zeit miteinander, Anstieg Gewalt, weil Gemüter angespannter, Anstieg Gewalt, weil keine soziale Kontrolle, Anstieg Gewalt, weil, weil, weil – und zwei Worte ausgespart bis hierhin: gegen Frauen. Und da Hierarchien auch in meinem Kopf, denkt

es in mir, die Zahlen verweisen auf ein Problem: Gewalt von Erwachsenen gegenüber Erwachsenen. Gewalt von Erwachsenen gegenüber Menschen, die melden können. Könnten. Und Zahlen können nie stimmen, weil das Meldenkönnen eben immer auch heißt: melden könnten. Aber Kinder, wohin melden? Und dann denkt es in mir, weil Hierarchien auch in meinem Kopf: Wie viele Kinder dann? Es muss auch Anstieg geben. Anstieg weil, weil, weil – aber keine Artikel dazu, weil keine Datenbasis. Perfide, die Hierarchien, denkt es dann in mir, und schäme mich dafür.

[4] Beispiel aus jüngster Zeit: In Paris am Flughafen, keine Passkontrolle, Weg finden zum RER, darauf hören, dass das vertraute cis-gis-a-e aus der Rufanlage lauter wird, aus dem Augenwinkel Mann, Frau, Kinder – zwei, etwa vier und sechs, eins im Kinderwagen, ca. noch nicht im Laufalter. Mann und Frau diskutieren vor Absperrung gereizt mit Flughafenpersonal, Kinder ca. vier und sechs machen sich einen Spaß daraus, Absperrbänder aus ihren Halterungen zu befreien und wieder zu fixieren. Mann sieht das, greift sich Kind ca. sechs, holt aus und schlägt es auf den Hintern. Kind beginnt zu schreien, Mutter weiter mit Flughafenpersonal, Mann schimpft noch etwas gegen schreiendes Kind ca. sechs, Kind ca. vier beobachtet bewegungslos. Das kann ich nicht mehr. Vorbeigehen. Hunderte Male „Hand ausgerutscht" kommen in den Sinn, also Schulterblätter spreizen, Schritttempo erhöhen, "oi!" rufen. Mann hört das, dreht sich, Überraschung in seinen Augen, ich stehe vor ihm in intimer Nähe und spreche ihn an, die Schutzsprache greift durch: "Pick on someone your own size you fucking wanker", biete mich als Möglichkeit an. Ich bin nicht groß, 1.80 steht in meinem Pass, weil die zuständige Sachbearbeiterin im Bürgeramt, der ich das sagte, es genauso lustig fand wie ich, sehr

großzügig aufzurunden, spreche ihm ans Kinn; sportlich ist weder etwas, das mein Körper spricht, noch etwas, das ich sein möchte. Mann ist das: sportlich. Trägt sogar einen Trainingsanzug. Am Flughafen. Angst beim Mann, starre hinauf in seine Augen, die wissen nicht, wohin, schätzen auf und ab, er möchte die Möglichkeit nicht wahrnehmen, die ich ihm anbiete. Aus den Augenwinkeln das Kind etwa sechs, das schaut zu mir hoch, und ich kann den Blick nicht lesen, frage mich nur, was geschieht vor seinem Eigengrau, und das genügt, die Ladung des Moments zu beenden. Knurre Mann noch "motherfucker" ans Kinn, und schon sehe ich meine Schuhe, die meine Füße umgeben, die meinen Körper wegführen. Frage mich, ob das „normal", dass Mann das Kind etwa sechs, und wenn das normal, ob dann normal, seine Gewalt.

[5] Beispiel aus anderer Zeit: Ich Kind, zehn Jahre, mit A, C, D und E in Schottland. Urlaub. F ist „unterwegs", wie A und C es nennen, andere würden sagen: C ist schwanger*. Mit der Zeugengemeinschaft im Urlaub: ein Freund der Eltern, den alle, weil er so heißt wie ich, den „großen B" nennen. Ein sehr großer, dazu stark übergewichtiger Mann, er riecht scharf nach Schweiß, mit Augenleiden, dass er zum Lesen eine Lupe benötigt. Die Lupe in seinen riesigen fleischigen Händen lässt mich immer wieder kichern, denke Sherlock Holmes außer Form geraten, da ich das nicht sage, weiß der große B das nicht, der große B mag mich nicht. A und C gehen im Urlaub oft spazieren. D, E und ich bleiben mit dem „großen B" zurück und entweder lesen alle oder der große B liest und die Kinder hören Hörspiele, oder alle vier spielen Brettspiele. An einem Nachmittag Mensch ärgere Dich nicht. Ist natürlich nicht möglich, ich ärgere mich. Ärgere mich schon bei der Auswahl der Farben der Steine. Ich wollte Schwarz. Bekomme Gelb.

Gelb mag ich nicht. Gar nicht. Dann gibt es Rücksichten und Nichtrücksichten. Rausschmeißen mag ich nicht. Lasse es. Hüpfe mit den gelben Steinen lieber anders, wenn es geht. Andere mögen Rausschmeißen. Mögen sagen „Mensch ärgere Dich nicht". Das ärgert mich. Nicht, dass ich nicht gewinnen kann, das nehme ich hin und an – dass andere Rausschmeißen mögen, und dass das „Mensch ärgere Dich nicht" aus ihren Mündern noch eine Freude am Ärger des anderen hat, das kann ich nicht hinnehmen, und ich ärgere mich und werde zornig und irgendwann schießen Tränen in die Augen und Laute kommen aus meinem Körper, und das ärgert mich, und die Tränen laufen, dass ich die Steine nicht mehr sehen kann, also spiele ich nicht mehr mit, sage das zumindest, während andere „Mensch ärgere Dich nicht" krächzen und kichern, also stehe ich auf, Steine fallen dabei auf den Boden, das wollte ich nicht, und das versuche ich auch zu sagen, dann aber plötzlich Gelb und Leuchtpunkte, und ein ungewohnter Einschlag auf der Wange. Es braucht etwas, bis ich verstehe, dass es eine riesige fleischige Hand war, die mich getroffen hat, dass deshalb die Ohren singen und die Haut sich anfühlt, als platze sie gleich auf. D versteht nicht, E beginnt zu weinen, die Spielfiguren ziehen nicht weiter. A und C kommen zurück, stehen im Zimmer und sehen nur E weinen und sofort zu mir: „Was hast Du gemacht?", und ich erzähle, ich schreie von der riesigen fleischigen Hand, sie hören zu, sagen nichts. Nicht mir und auch nicht dem großen B. *pschhht!***

War das normal? Gewalt so normal, dass sie allen erlaubt ist? Und warum hier kein Schreien von C? Stellt das die These des Besitzes infrage? Bedeutet es vielleicht sogar, dass sie tatsächlich nicht geschrien hatte, als ich mit verbrannten Fingern im Mund in der weißen Küche stand?

* Das erzählten A und C gemeinsam vor der Fahrt. Dass C runder geworden war, dass erinnere ich, aber auch, dass ich mir dabei gar nichts dachte. Riefen D und E und mich ins Wohnzimmer, setzen sollten wir uns, taten wir, dann A: „Ein Bruder ist unterwegs", und mein erster Gedanke: *Ich kann niemanden beschützen. Und D muss mich beschützen.*

** Ich bin lange noch nicht mit diesem Text fertig, da sitzen E und ich in einem Restaurant in Cambridge. Zungen hüpfen zwischen Schutzsprache und Vatersprache, und mit ihnen springen Gespräche: Sprechen über D, dem in seinem Wohnheim wieder zur Strafe das Einkaufen verboten wurde, weil er dauernd flucht. *Fuck them*, sagt E, und wir lachen. Sprechen über C, die bis zum Morgen noch mit in Cambridge gewesen war, jetzt abreisen musste. Sprechen über diesen Text. Sprechen nicht über diesen Text, sprechen über seine Gewalt. Sprechen über C und über A, und über As zweite Frau, P. Über As zweite Frau, P, und As Kinder fünf und sechs von Frau zwei, P. Sie leben inzwischen in Schottland, kommen so auf den „großen B" und seine fleischige Hand, und dass A nichts und dass C nichts und dass *pschhht!*. „That time in Switzerland?", sagt sie, fragt sie, und ich sage, frage: „Wieso Schweiz? In Schottland." Darauf sie: „Ich weiß, ich weiß, aber das Mal in der Schweiz war früher." Und da erst hinter dem Stirnstein das Bild: Füße in Sandalen, Beine jucken vom Strauchstreichen, Hände rot und gierig, pflücke ich Johannisbeeren, blicke immer wieder über die Schulter auf ein weißes Haus, dort hoffentlich Ruhe, kein Rühren, will nicht gesehen werden, will pflücken, will sammeln, will alle im weißen Haus überraschen, bin ganz aufgeregt, Johannisbeeren gibt es nicht im englischen Garten, kenne die nur als *treat* im Auslandssommer, ein, zwei beerenbeladene Zweige auf kleinem Teller, und hier gibt es einen ganzen Busch beladen mit roten zuckersauren Beeren. Einen ganzen Busch! Habe meinen Hut als Korb, der ist ganz weiß, pflücke und pflücke und Beeren in den Mund und Beeren in den Hut, der wird ganz rot vom Saft, und das ist böse. *Böse*, sagt C, *böse*, sagt der große B, und plötzlich gelb und Leuchtpunkte, und ein ungewohnter Einschlag auf der Wange. Es braucht etwas, bis ich verstehe, dass es eine riesige fleischige Hand ist, die mich getroffen hat, dass deshalb die Ohren singen und die Haut sich anfühlt, als platze sie gleich auf. Auf dem Boden Beeren in Nachthimmelkonstellation, der große B zerquetscht sie mit seinen fleischigen Füßen in handgeschneiderten Schuhen. Will alle überraschen, bin ganz aufgeregt, verstehe das jetzt nicht, kann das nicht verstehen, kann das alles nicht, jetzt Scham, dass ich dachte, sie freuen sich. Jetzt Scham, dass ich etwas wollte, etwas Schönes. Jetzt Scham, dass ich etwas wollte. Scham, dass ich.

Es gibt eine Gewalt, die Zählen bedeutet und fragen: *Wie oft?* Und keine Antwort finden. E spricht davon, dass sie das so ungerecht fand, so schrecklich, sie bricht ab. Bricht ab, weil es keine Sprache gibt. Bricht ab, weil es keine Sprache braucht zwischen uns, wenn es Augen gibt, die sprechen wie Kinder, die sich ein Geheimnis erzählen, bevor der Kellner kommt mit Sellerie-Steak und peppercorn sauce.

Ich zahle, wir haben dieses Spiel, wer zuerst die Karte zückt, und ich gewinne, treffen Ehemann und Partnerin, treffen Tochter und Sohn und Nichte und Neffe und spazieren. Zwischen Sweet Shop und Trinity College dann ein Schatten, der sich über mich und über alle und über alles legt, ein Schatten größer werdendes Erschrecken: *Schweiz. Das habe ich vergessen.* Frage mich, wie ich das vergessen konnte, frage mich, *Wie oft?* Und keine Antwort finden. Frage mich, was da noch, und weiß, dass da noch. Etwas Schlimmeres. Etwas, das gedruckt ist in meine Empfindungen, etwas, das nicht –

Und werde müde, so müde, muss aufpassen dann, dass Erinnerung nicht übernimmt, spreche dann nicht und Sohn möchte Fußball spielen, habe ihm ein Tottenhamtrikot gekauft, im Spiel ist er nicht Harry Kane, ist Heung-min Son, jeder Grasfleck für seine Augen Stadion, und er greift nach meinem Mantel und seine Lippen sagen etwas, sein ganzes Gesicht Fragezeichen, ich höre aber nichts, denn hinter Stirnstein Aufruhr, Schmähgesänge von den Erinnerungsrängen. Erinnerung zurückzudrängen geht durch Ansprache, *nein, das nicht, nein, das auch nicht*, dabei das Gesicht am Mantel wird besorgt, zwinge die Ohren, ihn zu hören, mache „hm?“, das klingt ungeduldig, Sohn fragt: „Alles o.k., Daddy?“

Antworte: „Ja.“

[6] Beispiel: Ich mit vier, eingeschult, und die Lehrerin darf den Kindern zur Züchtigung* mit einem Lineal auf den Handrücken schlagen. Normal. Nur eine Erinnerung an einen solchen Fall, sehr vage: dass ich nicht, oder dass ich doch, dass es zumindest an mir**, und dann Hände ausgestreckt und dann die Lehrerin mit Zornesröte dreimal draufgeschlagen, dass ich mich wunderte, dass sie so sanft schlug. Dass ich mich fragte, ob das bedeute, dass sie mich mag.

* Züchtigung. Da zeigt sich das verdammte Sprachproblem wieder einmal: Herstellen von Zucht. Ausgang ist das Ziel. Das Ziel wird gezüchtigt. Bedarf einer Züchtigung. Lese von Züchtigung als die absichtliche Zufügung von körperlichen Schmerzen als Reaktion

auf das Fehlverhalten eines Kindes mit dem Ziel, das Fehlverhalten zu korrigieren. Da war es wieder: als Reaktion. Reaktion und Strafe. Strafe. Wieder einer dieser Einwortohrwürmer: Strafe. Konstruktion eines Rechtssystems: X darf aufgrund einer so beschaffenen Struktur S über korrektes, richtiges, angemessenes usf. Verhalten entscheiden, X stellt einen Katalog an Sanktionen P auf, je nach Ausmaß des Verstoßes gegen S . Y verstößt gegen S, es folgt P. Und Ablenkung: If *p* then *q*; and if *p* then *r*; therefore if *p* is true then *q* and *r* are true, und ergänze ϕ U ψ, sage ich ψ holds at the current or a future position, and ϕ has to hold until that position. sage ich sprache, sage ich mind your *p*s and *q*s und faites attention à vos pieds et à vos queues. q as in tail, for tail read schwanz, read cock, read queue – queue and queue, an english-french monosyllabic homograph by the way – Stopp.

** Am 23. Juli 1986 wurde Corporal Punishment an staatlichen Schulen in Großbritannien verboten. Die Abstimmung im Unterhaus fiel knapp aus: 231 zu 230 Stimmen wurden ausgezählt. Und zu verdanken ist der knappe Ausgang dem Vergewaltiger Prince Andrew und seiner damals noch Verlobten, Sarah Ferguson, die ironischerweise zur Zuhälterin des Prinzen wurde, indem sie Zeit mit ihrem dann schon Ex-Mann an einen vermeintlichen Scheich verkaufte. Wie dem auch sei: Die Hochzeitsvorbereitungen in London bedeuteten auch Straßensperren, sodass Abgeordnete der Tories, der Konservativen Partei also, die vermutlich für den Beibehalt gestimmt hätten, es nicht rechtzeitig zur Abstimmung schafften.

[7] Beispiel: Ich mit zehn, klingle an einem Samstag an der Tür eines Freundes, George. Mit elf stehen Prüfungen zur

Aufnahme in eine Bildungseinrichtung an, die den Weg ebnen soll zu weiteren Bildungseinrichtungen. Ich komme nicht zum Spielen, ich komme zum Lernen. Nicht mit meinem Freund, mit seiner Mutter, Jill. Sie ist Lehrerin, A und C möchten sichergehen, dass ich in die obersten 5 % des Jahrgangs komme*, also stehe ich am Wochenende dort vor der Tür und klingle. Klingle aus Höflichkeit, bitte nicht um Einlass, der wird immer gewährt, die Vordertür ist wie so viele in der Gegend nicht abgeschlossen. Stehe und klingle, höre von drinnen Lärm, Gerumpel, drehe am Knauf, drücke gegen die Tür und sehe, wie Georges Brille wenige Schritte vor mir durch die Luft fliegt und auf die Kacheln des Eingangsflurs aufschlägt, kaum eine Sekunde später fliegt George hinterher durch die Luft, schlägt neben seiner Brille auf die Kacheln des Eingangsflurs auf. Sehe Georges Vater, Michael, in den Eingangsflur stürmen, Hände ausgestreckt, zum Hochziehen, das kenne ich, hochziehen, Auf-die-Beine-Stellen und Hand-ins-Gesicht-Schlagen, aber da sieht Michael mich, lässt augenblicklich die Hände an die Seiten fallen, zwingt Lächeln auf die Lippen, "Didn't hear you there, Jill will be with you in a minute", schaut auf George am Boden, Lächeln verschwunden, geht aus dem Eingangsflur. Ich zu George, reiche ihm die Hand: "You alright, mate?" Der schaut auf, Tränen in den Augen, Wangen rot von Händen, das kenne ich, drückt die Lider aufeinander, sucht Brille, findet Brille, wischt Tränen weg, setzt Brille auf, sagt: "Sorry about that." Wenn Michael so mit George – wenn M an G –, so dachte ich, so denkt es manchmal immer noch, dann muss seine Gewalt, A an B, normal sein, normal gewesen sein.

* *dass aus Dir etwas wird*, sagen sie oft, und sagen nie, was aus mir werden soll, fragen aber auch nie, was ich mir vorstelle – die 5 % werden das schon richten.

Gewalt verlangt Anpassung.[XXIV]

XXIV. In *The Descent of Man, and Selection in Relation to Sex* schreibt Darwin von *inarticulate language* und *articulate language*, meint, dass inarticulate language Instinkt ist, zum Ausdruck von *pain, fear, surprise, anger* geeignet; dass articulate language für komplexere Gedankengänge notwendig sei, zum Ausdruck und Austausch von Gedanken, zum Verstehen der Gedanken eines Gegenübers; articulate language benötigt und baut auf auf Nachahmung und Anpassung: *articulate language owes its origin to the imitation and modification.* Imitation and Modification. Gewalt als articulate language lernen kann bedeuten Erinnerung: Als Kind, fünf, mit A, C, D und E im Urlaub sein. Mit Freunden von A und C sowie Kindern der Freunde einen Ausflug machen. Zu einer Mühle. Einer Mühle und Restaurant. Einer Mühle und Restaurant, umgeben von Wald, dazwischen ein Bach, *es klappert die Mühle* usf. Fasziniert sein von der Mühle, von Wasser als Treibstoff und sehen wollen, wie das geht, *er mahlet uns Korn zum kräftigen Brot*, wie die Mühle funktioniert. Allein losgehen, Absperrung sehen, Umweg nehmen, zum Bach, in den Wald, Abkürzung nehmen, kein Bach, Bäume nur, Abkürzung nehmen, Mühle nicht mehr sehen, Abkürzung nehmen und verloren sein. Angst. Wald. Stehen und Vögel hören, nach oben schauen und Blätter sehen, die immer näher kommen, der Himmel senkt sich in Angst, *und schenkt uns der Himmel nur immerdar Brot, so sind wir geborgen und leiden nicht Not*, auf den Boden schauen und Not istgleich Angst, und großen Ast auf dem Boden sehen, Tiere dort, Käfer, Würmer. Angst. Weg zurück denken und nicht erinnern. Wo Umweg? Angst. Hinsetzen zu den Tieren und Tränen. Alleine darf ich. Fühlt sich schön an, Tropfen, die rauschen, wenn Lider klipp-klapp. Lange Tränen. Stimmen dann hören. Stimmen, die meinen Namen rufen. Stimmen, die meinen Namen schreien. Aufschauen, in der

Ferne einen Umriss sehen: A. Angst. Umriss klarer und Erkennen sehen. Angst. Umriss klarer und Erkennen sehen und Wut sehen. Angst. Umriss klarer und Erkennen sehen und Wut sehen und Lippen über die Zähne gezogen sehen. Angst. Umriss klarer und Erkennen sehen und Wut sehen und Lippen über die Zähne gezogen sehen und gekrümmten Zeigefinger, der zwischen die Lippen sich legt. Angst, und wissen, was gleich geschieht. Augen auf den Boden und Ast sehen und Käfer und Würmer und wissen, was gleich geschieht, verstehen, dass es unausweichlich ist, Ast sehen und Käfer und Würmer und Ast und Käfer und Würmer aufheben. Ast in eine Hand, Ast und Hand und Arm im Bogen ausholen und wissen, Wange kann ich nicht erreichen, Schädel aber, und Ast und Käfer und Würmer so schnell wie möglich und mit so viel Kraft wie möglich und so Nudelholz wie möglich schlagen auf den eigenen Schädel[1]. Gelb und Lichtpunkte. Nachahmung, Veränderung, Anpassung[2].

[1] *schlagen*, schreibe ich, sage *hauen*. Habe das, wie so vieles, kaum erzählt, kaum jemandem erzählt; kaum erzählt, weil *psschhht*, weil *because it's everywhere*, kaum jemandem, weil keine Sprache, s. o., s. u., s. *everywhere*. Es erzählt einmal und abgebrochen, nachdem ich *hauen* sagte, *hauen* hörte, das Wort hörte und hörte, wie nicht ich spreche, sondern das Kind, das dort steht, spricht, verkleidet in Erwachsenenkörper, verkleidet in Erwachsenenkörperhaltung, das hat sich aber freigestrampelt in dem einen Wort, *hauen*, und das darf es nicht. Schnell wieder zurück in den Menschen hinein, der Sprache in Erwachsenensprache verkleidet, der in Sprache Schicht um Schicht den Weg verstellt zum Freistrampeln. Der mit Worten die Hände nimmt, die um sich strampeln, und an die Seiten führt, Handwurzeln an die Hüftgelenke hält, hält, bis sie nicht mehr strampeln, dann mit Sprache sich auf den legt, der sich freistrampeln will, bis er wieder unbewegt, unbewegbar dort, wo er hingehört. Schreibe *schlagen*.

[2] Warum, fragt es mich auch hier, und Versuche, darauf eine Antwort zu finden, laufen ungefähr so ab: Weil ich dachte, ich könnte seiner Gewalt dadurch entgehen. Weil ich dachte, er würde sehen, dass ich mich schon selbst bestrafe, dass er es nicht mehr müsse. Das und dann das: Weil ich dachte, er könne mich dadurch lieb haben. Dann keine Gedanken mehr dazu.

Es gibt Gewalt, die *pschhht!*[XXV]

XXV. *pschhht!* Zischlaute als Begleitung von Gewalt, die laut auch jetzt. Die sagen: *Nein, das darfst Du nicht, Schreiben über Gewalt konkret, das ist verboten – das Beispiel löschen, das Beispiel verpacken, das Beispiel verstecken. pschhht!*, das Scham denkt, seine Gewalt zu schreiben.

Es gibt Gewalt, die *pschhht!*[XXVI]

XXVI. *pschhht!*, die weiß, da gibt es noch etwas. Die heißt, Erinnerung nicht finden. Genau diese Erinnerung nicht finden. Die heißt, Erinnerung nicht finden wollen. Die heißt, die Anstrengung fühlen, die es die Synapsen kostet, hinter dem Stirnstein die Tür geschlossen zu halten, hinter der das Etwas ist. Hinter der diese eine Erinnerung ist. Ist es nur die eine? ... die Zählen bedeutet und fragen: *Wie oft?* Und keine Antwort finden. I locked the door and threw away the house. Aber da ist etwas. Etwas Schlimmeres. Etwas, das gedruckt ist in meine Empfindungen, etwas, das nicht –

Es gibt Gewalt, die *pschhht!*[XXVII]

XXVII. Während seiner Gewalt wurde nicht über seine Gewalt gesprochen. Nie. Stattdessen: *pschhht!* Auch nach seiner Gewalt: *pschhht!* Ob, wie oder wann alle beschlossen haben, über seine Gewalt nie wieder zu sprechen, das weiß ich nicht. Was ich weiß: Es wurde nicht darüber gesprochen. A, B, C, D, E, F: Schweigegemeinschaft. Es gab Treffen. Es gab Feiertage. Es gab Geburtstage. Es gab Beerdigungen. Es gab Besuche. Überall dort: Essen, Trinken, Diskutieren, Streiten, Lachen. Was es nie gab: Sprechen über seine Gewalt. Seine Gewalt heißt, kein Austausch mit der Zeug*innengemeinschaft ohne sein Mitbrummen. Kaum hörbar, oft, über das *pschhht!*, aber da: ein Gasboiler zum Leben erwacht, die Rohre in Schwingung versetzt, und für alle heißt es: Finger weg von der Flamme, die sich im weißen Gehäuse versteckt. Thermodynamische Paradoxie: Je kälter der Raum, desto leiser das Brummen für alle. Versucht die Zeugengemeinschaft, selbst Wärme zu erzeugen, geht es manchmal schief: Misstrauen, weil *pschhht!* Macht Wärme unmöglich. Weil alle wissen. Weil alle schweigen. Weil alle wissen, dass alle schweigen.

So mächtig war das *pschhht!*, dass es, ich war längst aus dem Haus ausgezogen, dass es hinter dem Stirnstein oft kratzte, die schreckliche Frage: Gab es seine Gewalt wirklich? Ist das alles wirklich geschehen? In dieser einen geteilten Realität? So mächtig war das *pschhht!*; dabei die Antwort kam immer wieder von ihm, von seiner Gewalt: Vor Volljährigkeit war ich ausgezogen, weit weg gezogen, besuchte nur, so ich musste. A rief an, B drückte ihn weg. *„pschhht!"*, rief B dem Gezeter des Telefons dann zu und musste dabei schmunzeln. A schrieb Briefe, B warf sie ungelesen weg. A ließ B über F ausrichten, er sei in der Stadt und wolle sich treffen, B ließ ausrichten, B sei nicht da. Der Gedanke an Treffen nicht möglich, zu einem Ende zu führen ohne Erinnerung, die Gegenwart bedeutet.

Dachte ein Mal dann, das geht nicht. Das kann ich nicht immer machen, ich muss das möglich machen, A und B in einem Raum, an einem Tisch, ohne dass Erinnerung. Ohne dass Körper sich wehrt, ohne dass Schreien hinter Stirnstein, ohne dass alles, ohne das alles. Trafen uns dann ein Mal, in einem Café, und wir schafften es bis zur Bestellung, die identisch ausfiel, was mich ärgerte, kaum war der Kellner mit dem aufgegebenen Koffeinbedarf verschwunden, waren wir im Streit. Im Streit wie geübt: Wissen, was am meisten schmerzt, genau da reingehen mit Worten, die regnen wie Fäuste – Gegenüber genau beobachten, ob neue Flächen sich aufgetan hatten, man hatte sich ja eine Weile nicht gesehen, gab es neue Wunden, neue Narben, die Worte aufreißen konnten? Habe das gelernt von A als Teil seiner Gewalt, gelernt, zuerst Schwäche zu sehen, Schmerzen zu sehen, und genau da reinzugehen. So gut gelernt, dass auch er das zu spüren bekam, dort im Café, dass ich sehen konnte, wie meine Worte, wie seine, Treffer landeten, Jab, Cross, Haken, Upper Cut, immer wieder, immer wieder. Und da war es dann: Ziehen der Lippen über die Zähne, Nasenflügel auf Luftsog eingestellt, und ein Mal Sprechen über seine Gewalt: „Ich könnte Dir immer noch die Fresse polieren, Du Wurm.“ Das sagte A zu B.

Es gibt Gewalt, die *pschhht!*[XXVIII]

XXVIII. Als erwachsener Mensch in Beziehung. Beziehungen. Bewussten Beziehungen. Gewählten, ausgesuchten, gewollten. Freundschaften. Tiefen, liebevollen. Sexuellen Beziehungen. Tiefen wie oberflächlichen, liebevollen wie lieblosen. In jeder: *pschhht! pschhht!*, weil keine Sprache für Gewalt. Weil keine Zeit für die Entwicklung einer gemeinsamen Sprache für Gewalt, keinen Raum, keinen Ort. Selbst liebevolle Beziehungen: liebevoll mit Vorbehalt. Weil alles gefährlich. Das. Aber auch, weil nirgends Sprache, Zeit, Raum, Ort für Gewalt. Dabei das Besitzverhältnis, seine Gewalt in jeder Faser, zwischen allen Fasern. Zwischen Beziehungen. Seine Gewalt stellt sich auf in jeder Beziehung. Als Sprache der Sprachlosigkeit. Als ortloser Ort, raumloser Raum, zeitlose Zeit. Wie Beziehungen führen, wenn *pschhht!*? Wenn tief, wenn liebevoll, dann muss doch das auch möglich sein? Ist es nicht.

Es gibt Gewalt, die *pschhht!*[XXIX]

XXIX. Es gibt eine Gewalt, die sich in ihrem Schweigen erhält: Ob A jemals über seine Gewalt gesprochen hat? Mit jemandem außerhalb der Zeug*innengemeinschaft? Wie sollte er das tun? Wie eine Sprache finden für seine eigene Gewalt? Wie würde er seine Gewalt berichten? Würde er berichten seine über die Zähne gezogenen Lippen? Berichten Lichtveränderung? Berichten grunzen, schwitzen, erzählen sein Gewicht auf B? Aufhören, sofort aufhören.

Es gibt Gewalt in der Sprache.[XXX]

[XXX.] Meine Gewalt ist in der Sprache. Hat ein eigenes Vokabular. Ein Wort im Zentrum. Um es herum fünf Worte, zum Pentagramm rangiert. Stimmlose labiodentale Frikative stellen sich nebeneinander: Verstoß, Verfehlung, Fehler, Vergebung, Verantwortung. Im Innern des Pentagramms ein stimmloses postalveolares Frikativ im Dauerorbit um das Zentrum, in Anziehung und Abstoßung gefangen in nervösen Ellipsen: Schuld. Sie zieht Kreise um das Zentrum Zischlaut: Sünde[1]. Stimmhaftes alveolares Frikativ – in allem außerhalb der Phonetik das: Zischlaut.

[1] Variation: time worn prints on the walls. open kitchen at the back, pot-bellied wrinkled men exchanging plastic tubs and chipped plates. choose a table at the window, pull up a chair and sit yourself down. red and white checkered, stained tablecloth. see and hear the others eating, hear the grinding sounds, the chewing sounds, the crushing, the saliva slurping from pulp to jowls, the whole undignified mastication ceremony. fight with the sweat seeping from your pores. glance at the yellow shrink-wrapped menu on the table. dishes misspelt to add authenticity. your dietary habits kick in with an unusual delay, as does your religious lexicon until all you can see is sin: sin battered, sin frozen, sin poached, sin fried, sin grilled, sin iced, sin roasted, sin steamed, sin marinated, sin mashed, sin sautéed, sin boiled, sin á la chef, sin on a bed of sin with a dash of sin sauce and a hint of sin zest.

a waiter waddles to your table, he asks with well-rehearsed, easy charm

– what can i get you, sir?

answer: sin.

– sir has made an excellent choice, and how would sir like it cooked?

answer: rare

– very good, sir. and to drink?

answer: a glass of dry red sin

– very good, sir.

Es gibt Sprache als Gewalt.[XXXI]

[XXXI.] An diesem Punkt gibt es eine Unschärfe, die ich nicht lösen kann: Seine Gewalt ist körperlich. Wird körperlich ausgeübt, wird am Körper sichtbar. Seine Gewalt ist auch in der Sprache. In Texten immer wieder Unterschied zwischen Verletzung körperlich und Verletzung nichtkörperlich. Physisch-psychisch. Verletzung körperlich wird gesagt als Gewalt. Verletzung nichtkörperlich wird nicht gesagt als Gewalt, wird gesagt als Verletzung[1]. Seine Gewalt, wenn nicht ausdrücklich körperlich, zeigt sich doch am Körper, zeigt sich im Körper. Ist der Wirkungsraum Körper notwendig dafür, dass etwas gesagt wird als Gewalt? Hinreichend?

Adira sitzt mir gegenüber im Schneidersitz und spricht von *Versehrung*, von *Versehren*, und das gefällt mir. Versehren. fɛɐ̯ˈzeːʁən. Versehren wie verletzen, wie verwunden. Gefällt mir und gefällt mir nicht. Gefällt mir, weil Absicht und Wirkung gut wiedergegeben werden. Gefällt mir nicht als Trennung von Gewalt. Gefällt mir nicht als Kategorie, als Schublade. Gefällt mir nicht, weil es Wirkung und Absicht runterdreht in meinen Gedanken. *Dann ist es ja nicht so schlimm*: Wenn kein Platzen von Kapillaren, wenn kein Aufreißen der Haut, wenn kein Knacken der Knochen. Dabei denke ich Sprache als Gewalt anders als körperliche Gewalt. Komme da einfach nicht weiter, einfach nicht weiter. Wittgenstein poltert durch die Tür mit dem betrunkenen Ayer untergehakt, lallen etwas von Verwendung, treten ab. Wo Sprache zu Gewalt wird: In Absicht, in Intention. Sprache eingesetzt zum Verletzen. Sprache eingesetzt als Erhebung, Sprache eingesetzt als Erniedrigung. Im wörtlichen Sinn: Jemanden niedermachen, klein machen, klein fühlen lassen. Erheben im wörtlichen Sinn: sich größer machen. Immer wieder dieselbe Struktur in Sprache als Gewalt: Sprecherin als Sprachsenderin, Angesprochene als Sprachempfangende. Sprecher aktiv, Angesprochener passiv. Erniedrigen bis ungleich[2]. Erniedrigen bis fundamental unterschieden. Erniedrigen von Mensch zu Nichtmensch, zu Unmensch, zu Tier. Zuschreibungen von Worten, die Mensch, die Nichtmensch, die Unmensch, die Tier. Oder Erniedrigen bis ungleich durch Ausnutzen von Schwächen, realer und behaupteter: Körper istgleich Schwäche, Denken istgleich Schwäche, Fühlen istgleich Schwäche, Empfindung istgleich Schwäche. Sprechen istgleich Schwäche. Dort, dort, dort, dort, dort ansetzen, Sprache dann wie Brecheisen eingesetzt: Schwächen als Spalte zum Abzwingen von Menschenteilen bis ungleich. Bricht nur nicht ab, die Schwäche, durch Spaltbewegung, wird einbetonniert, fest gemacht, bewegungslos gemacht, unveränderbar gemacht. Schwäche dadurch eingeschrieben in den Erniedrigten: Gewalt längst vorbei, Sprecher*innen längst weg, bleibt die Steinsäule im Erniedrigten, wächst weiter bei neuen Sprecher*innen, Wundstalagmit hinter Stirnstein.[3]

[1] Es gibt eine Neigung und es gibt einen Willen, Sprache als Gegensatz, oder wenn schon nicht als Gegensatz, dann als Nichtverwandtschaft mit Gewalt zu denken und zu sagen. Auf Freud wird verwiesen, der in einem Vortrag zitierte, dass derjenige, welcher dem Feinde statt des Pfeiles ein Schimpfwort entgegenschleuderte, der Begründer der Zivilisation war. Sprache als Gegensatz von Barbarei denken, vielleicht. Dabei Sprache als notwendige Komplizin für Barbarei. Sprache als das, was uns von Tieren unterscheidet, vielleicht. Sprache als das, was Schönheit transportiert, vielleicht. Was Schönheit ist, was Tiefendimensionen kommunizieren lässt, was Nichtkörperliches, was Transzendentes denken lässt etc. All dem stimme ich mehr oder weniger zu. Mehr, je weniger ich Körper als Träger denken möchte, weniger, je mehr Schönheit, Tiefendimensionen, Nichtkörperliches, Transzendentes immer wieder in Gedanken zurückgebunden wird an Körper.

Schließt das Sprache als Gewalt aus? Sprache und Körper grundsätzlich getrennt zu denken, getrennt zu sagen – warum eigentlich? Sprache ist vielleicht so ungebunden wie gebunden an Körper. Benötigt Körper, sagt Körper, realisiert sich im Körper, drückt Körper aus, Wechselwirkungsraum Sprache. Und da kommen meine Gedanken nicht weiter. Wieder nicht weiter. Setze neu an, bei den Körper-Ausdrucksverben: ausrutschen (haha), abschwarten, boxen, brennen, dreschen, drücken, klatschen, prügeln, schlagen, schmettern, schütteln, stoßen, treten, werfen, würgen. Nein, nein, nein, das tut Sprache beim besten Willen nicht. Nicht so. Nicht wirklich. Aber sie tut etwas, tut etwas, das selbst noch keine Sprache hat, die für sie nur ist, nur sie beschreibt, die sichtbar-unsichtbare Verletzung der Abwertung, der Kleinmachung, Erniedrigung, Unterschiedlichmachung.

Wir brauchen ein neues Lexikon der Gewalt.

[2] Ungleichheit im konkreten Fall bedeutet eine innere Erniedrigung, die sich mir nicht erschließt, nie erschlossen hat, seit über 30 Jahren des Nachdenkens darüber immer noch mit dem einen schrecklichen W-Wort *Warum* verbunden: das zweite schreckliche W-Wort: *Wie*. Die Gleichheit schon aufgrund des Teilens von DNA riesig: 50 % seiner DNA ist in mir*. Jenseits der Biologie noch die ganzen Geschichten, Erzählungen, Märchen und Mythen um Kindschaft, die auf uns wirken, Kindschaft Eigenschaften zuschreiben, Verhaltensweisen zuschreiben. Sorge, Fürsorge, Angewiesenheit, lauter Worte angegrenzt: Mitgefühl – Verständnis – Zusammenhalt – Mut – Verantwortung – Zuversicht – Gelassenheit – Humor – Geduld – Verbundenheit – Vertrauen – Respekt – Vergebung – Hilfsbereitschaft – Freundlichkeit – Liebe ... Seine Gewalt durchbricht das alles. Macht das Gleicheste ungleich.

* ein Gedanke, schrecklicher noch zu denken bei den eigenen Kindern: Seine 50 % verwässern sich im Laufe der Generationen, werden 25 | 12,5 | 6,25 | 3,125 | 1,5625 | 0,78125, $1/2^n$, bleiben aber, solange Fortpflanzung, unendlich angelegt, schlummern in jeder, in jedem Nachkommen bis keine Fortpflanzung mehr. Bis zum paradoxen Schneewittchenmoment, wenn etwas seine schlafende Gewalt in einem Nachfahren, einer Nachfahrin weckt.

[3] Und doch: Wenn kein Platzen von Kapillaren, wenn kein Aufreißen der Haut, wenn kein Knacken der Knochen – dann keine Gewalt. Das ist völlig richtig. Absolut. Wir müssen eine andere Sprache finden für Gewalt.

Es gibt Versperren von Sprache als Gewalt.[XXXII]

[XXXII.] Gewalt, die nach innen *pschhht!*, nach außen „Treppe runtergefallen“, „nicht aufgepasst“, „gestolpert“. Die nicht schweigt, die nur nicht hörbar ist. Die schreit und sucht nach Wegen über Stirnen hinweg. Die es gerade schafft, einen Blick zuzulassen, einen Blick zu halten, auch wenn alles gefährlich. Einem Gegenüber dann in die Augen zu schauen und Erinnerung an Aufblitzen schwarzer Pupillen, um sie herum blaugraue ozeanische Drehströmung, zu verdrängen. Und alles in diese Augen gießen, alles von hinter dem Stirnstein abschöpfen, alles erzählen, alles, alles. Aber gelingen tut das nie, hat das nie – greife im Suchen hinter Stirnstein, taste diese Erinnerung ab, taste jene ab, greife ins Leere, dann wieder Erinnerung, die sich nicht abtasten lässt, die wie Sturzbach sich gegen die Finger in ihr wehrt, sie mitreißt, aber nicht greifen lässt. Wie aber diese Erinnerung erzählen, ohne die andere greifen zu können? Wie Erinnerung überhaupt hinter Stirnstein hervorholen, sie jemandem übergeben?[1] Und was dann? Was dann? Dann ist die Erinnerung da, dann baut sich die Gewalt zwischen uns auf und erzählt sich und lässt mich nicht und immer wieder, das kann nicht gelingen, das kann nicht gelingen, das darf nicht gelingen, weil.

Komplexes Leisesystem: *pschhht!*. Versperren von Sprache wird zur Komplizenschaft dann[2], wenn *pschhht!*. Wird Gewalt am Gegenüber, wenn Sprache finden wichtig wäre, wenn Sprache finden notwendig wäre, wenn Sprache finden unmöglich ist.

[1] Sitze Jahre später mit meiner Tochter in St. Andrews am Strand und bin eingefroren. Starre auf den Sand, sie hat ein Herz in das feuchte Körnermeer gemalt. Wir sind in St. Andrews wegen einer Beerdigung, gerade noch hatte

ich meinen Abschied von einer Leiche genommen, noch den Geruch von Reinigungs- und Desinfektionsmitteln in der Nase. Wie wir an den Strand gekommen waren, erinnere ich nicht, erinnere nur, dass ich vor dem Sitzen auf der Bank die Hand meiner Tochter hielt und dass sie kalt war und feucht, und dass ich in ihrer Hand durch die Kälte und durch die Feuchtigkeit für einen Moment Leben spüren konnte, das ganze Leben, wie es durch ihren Körper vibriert. Sitze auf der Bank, meine Tochter zeigt auf das Herz, wie Gischt die krummen Kammern abträgt, und freut sich, läuft zu mir, stemmt ihren Körper mit einem „Uff" neben mich, ihre Beine haben noch Baumellänge. Bin aber nicht bei ihr, zwischen uns Stirnstein, hinter Stirnstein bin ich gefangen, bin dort ganz – meine damit ganz, meine damit nicht in Gedanken, meine, mein Körper auch dort, und genau da ist diese riesige Lücke, seit über 30 Jahren nicht überwindbar, zu der Gegenwart, wie sie sich allen anderen präsentiert. „Eingefroren", nenne ich das, weil Amal das einmal so nannte, habe das übernommen, weil es einfach, habe das übernommen, weil es verständlich, oder verständlicher als hinter Stirnstein gefangen, verständlicher als hinter Stirnstein Schreien, hinter Stirnstein Tosen, hinter Stirnstein Ringen, hinter Stirnstein Hände vor dem Gesicht, hinter Stirnstein Erinnerung, die ungewollt und ungebeten, hinter Stirnstein Scham. Verständlicher als in der Gleichzeitigkeit gefangen, hinter Stirnstein gefangen und gleichzeitig sitzen auf einer Bank, gleichzeitig in St. Andrews, gleichzeitig das Meer, gleichzeitig den Geruch von Reinigungs- und Desinfektionsmitteln in der Nase, gleichzeitig das Herz im Sand gezeichnet, jetzt nur noch die linke Kammer erkennbar, gleichzeitig meine Tochter neben mir, die mich anschaut, und ich sehe sie wie durch Opakglas, höre sie, wie sie etwas fragt, etwas fragt, das ich als Töne höre, als ihre Stimme höre, und die mich bei der dritten Wiederholung von hinter dem Stirnstein zu ihr zieht oder zerrt. Nicht sanft, nicht schön, muss dort doch bleiben hinter Stirnstein, bin längst nicht fertig dort, finde noch keinen Weg dort hinaus, keinen Riss in der Stirnsteinwand, die ich zu einem Spalt, zu einer Tür, zu einem Gang bearbeiten könnte, dass ich ein- und ausgehe wie ich will, dass es kein Gefängnis mehr, dass die Lücke nicht mehr – durch das Stirnstein hindurch werde von meiner Tochter gezogen, Stirnstein gibt mich frei im Wissen darum, dass es kein Ausweg ist, dass es Gefängnis bleibt, dass ich nichts abgesessen, dass ich bald schon wieder dort sein werde, dort, wo der Stirnstein fordert, dass ich hingehöre, dort, wo die Haft jeden Tag von Neuem beginnt. Bin dann dort auf der Bank, Gefangener auf Freigang und nie frei, weil wissen, dass Freigang nicht frei, niemals frei sein kann oder wird oder werden könnte. „Oder willst Du nicht darüber reden?", höre ich die Tochterstimme fragen. „Entschuldigung", sage ich und strenge Gesichtsmuskeln zu einem Lächeln an, Oberkörper zum Anschein von Präsenz: „Worüber will ich nicht reden?", „Mann, Daddy", höre ich sie, und sie verdreht die Augen, schüttelt den Kopf und dann: „Warum Du seit Jahren mit Opa A nicht mehr gesprochen hast." Schaue sie an und frage mich kurz, ob sie irgendwie hinter Stirnstein schauen kann, schüttle das ab und sage lange nichts. „Daddy! Hast Du immer noch nicht zugehört?" „Doch, doch", höre ich mich sagen. Sie fragt das in regelmäßigen Abständen: „Warum hast Du seit Jahren mit Opa A nicht mehr gesprochen", und das seitdem sie vier ist. Die ersten Male, die ersten Jahre, konnte ich sie ablenken, Ablenken geht einfach zwischen vier und neun, irgendetwas Aufregendes gibt es immer zu finden oder zu fragen. Seit neun weiß sie, wie Ablenkung funktioniert und sie weigert sich, da mitzuspielen. „Darüber haben wir doch schon ganz oft gesprochen", lüge ich, und sofort kommt es „haben wir nicht" aus ihr. „Müssen wir denn jetzt darüber sprechen?", frage ich wie ein Idiot – wie ein Idiot, weil es mit ihr nur eine Antwort geben kann, die dann auch prompt folgt: „Ja." Oberkörper zu ihr gedreht, nehme ich ihre Hand, jetzt kalt und mehr nass als feucht, und schaue in ihre Augen, weil nicht gefährlich, schaue und sehe dort nie blaugraue ozeanische Drehströmung, sehe dort kastanienbraune Spiralgalaxie mit Spiralarmen schwarz, Sternsprenkel Pastellgelb. Halte den Blick und möchte ihr alles erzählen, greife zurück hinter Stirnstein, aber bekomme nichts zu fassen. Greife und greife, und das macht mein Mund: „Weil ... weil, warte, weil ... weil." Greife im Suchen hinter Stirnstein, taste diese Erinnerung ab, taste jene andere ab, greife ins Leere, dann wieder Erinnerung, die sich nicht abtasten lässt, die wie Sturzbach sich gegen die Finger in ihr wehrt, sie mitreißt, aber nicht greifen lässt. Wie aber diese Erinnerung erzählen, ohne die andere greifen zu können? Wie Erinnerung überhaupt hinter Stirnstein hervorholen, sie jemandem übergeben? Und möchte ich meiner Tochter diese Erinnerung übergeben? Oder jene? Möchte ich überhaupt, dass sie weiß von Lichtveränderung im Eigengrau, vom Wimmern, von der Angst vor seiner Zunge und ihrem nächsten Ansturm, der Angst vor seinen Lippen, die sich über die Zähne ziehen, Angst vor seinen Händen, Angst vor seiner flachen Hand, vor seiner zur Faust geballten Hand, Angst vor seinem Gewicht usf. – möchte ich das? Unmöglich, mich nicht anders zu sehen danach, und möchte ich das? Seine Gewalt stellt sich als Versperren von Sprache zwischen uns, legt sich mir auf die Zunge und sagt in meiner Stimme: „Er war sehr böse zu mir." Und das hat schon oft ihre Frage beendet, aber dieses Mal nicht: „Was heißt das denn?", fragt sie, und ihre Beine baumeln und ihre Hand drückt und die Spiralgalaxie leuchtet, und während wieder etwas hinter Stirnstein greift und einen neuen Versuch unternehmen möchte, höre ich mich ihren Namen sprechen, und danach: „Ich kann es Dir nicht sagen und es wird kalt – wollen wir einen Kakao holen?" Und sie bricht den Blick und schaut auf das Meer, und ich will ihr erzählen, dass ich es nicht kann, will ihr das Branden der Worte gegen Stirnstein erzählen, will ihr erzählen, wie ich manchmal wie ihr Herz mit abgetragenen krummen Wänden nach Worten suche, will ihr alles, aber seine Gewalt drückt meine Zunge gegen die Schneidezähne, meine Lippen aufeinander. „Du sagst immer, ich kann Dich alles fragen", sagt sie, und das sage ich immer, und seine Gewalt macht mich vor ihr zum Lügner, und sie steht auf, dreht sich ab, geht zwei Schritte vor, weiß aber nicht, wohin wir gehen müssen, bleibt stehen, dreht sich um und ruft mir wütend zu: „Außerdem hasse ich Kakao" – das sagt sie, aber seine Gewalt übersetzt es mir: „Außerdem ich hasse Dich."

[2] Sitze mit James am Kanal und stolpere durch Worte. Hatte James vor Jahren von As Gewalt erzählt, versehentlich, war betrunken, war sehr betrunken, und James war schön, war sehr schön, und hielt zwischen Lachen meine Hand und wir schauten Richtung Himmel, und er rief *J'ai vu des archipels sidéraux! Et des îles dont les cieux délirants sont ouverts au vogueur*, und wusste, ich fahre am nächsten Tag, und ich wollte küssen, fand alles das schön bis Kitsch, sah ihn in 60er-Jahre-Körnung, dachte mir Simon and Garfunkel dazu, aber die Lippen machten etwas Eigenes, etwas Ungewolltes, sie sprachen As Gewalt. Sie sprachen seine Gewalt und sprachen, und wusste nicht, warum sie das taten, und sprachen, bis die Sterne am Himmel vom Hellblau ausgeblendet und die Trunkenheit von Kopfschmerz weggehämmert. Seitdem fragt James immer wieder, fragt vorsichtig, ich sage meistens, *that's a story for another day*. James fragt heute, ob ich nicht

jemandem davon erzählt habe als Kind, und ich antworte *natürlich nicht*. Antworte und höre, dass in meiner Stimme Ungeduld. Verstehe die Frage nicht, sage so etwas auch. *Glaubst Du nicht, dass wenn Du etwas gesagt hättest, seine Gewalt beendet worden wäre?* Das fragt er, meint dabei, *ob jemand seine Gewalt beendet hätte*, und das frage ich mich und ich verstehe seine Frage, aber die Mühe, ihm das zu erklären, stolpere durch Worte: *Wem denn erzählen? Den Kindern in der Schule? Was sollte das bringen? Freundinnen meiner Eltern, Freunden? Ich hätte gar nicht gewusst, wo anfangen, und sie waren ja nicht meine Freundinnen, meine Freunde, und ich kann doch niemandem trauen, und wer sagt, dass sie mir glauben und was hätte ich denn sagen sollen? Es gab keine Sprache dafür, und nicht zu vergessen, ich hatte doch Angst: Wenn ich das verrate, bringt er mich um, und woher sollte ich schon wissen, dass das nicht normal war.* Das sage ich im Stolpern, ungeordnet, ungeordnet, höre auf, weil ungeordnet, höre auf weil keine Sprache, höre auf, weil angestrengt, höre auf, weil –. Dabei denkt es in mir, auch jetzt, die Frage als Vorwurf. Und Vorwurf, den ich trotz aller bereitgelegten Gründe, dass das nicht so ist, dass durch das *pschhht!*, durch mein *pschhht!*, durch mein Schweigen habe ich seine Gewalt mit ermöglicht. Das denke ich, mich als Komplizen, von Sprache versperrt, dazu gemacht von Sprache.

Es gibt eine Sprache der Gewalt.[XXXIII]

XXXIII. Sprache ohne Worte. Sprache, die immer neu entsteht. Die immer Gegenwart. Die immer spontan. Die kreatürlich und nie kreativ. Die sich erinnert, sich wiederholt ein anderes Mal, immer aber neu entsteht. Die nicht entsteht durch Willen. Die absichtslos. Sprache als komplexes Lautsystem. Lautsystem von Grunzen, Wimmern, Winseln, Aufheulen, Jaulen. Nichtvokalisierte Geräuschgrammatik.

Es gibt Gewalt, die Sprachlosigkeit.[XXXIV, XXXV]

XXXIV. Als Abbruch von Sprache, die nicht *pschhht!*, die nicht Schweigen als Wegschweigen, Schweigen als Verschweigen. Es gibt eine Gewalt, die Sprachlosigkeit als Unmöglichkeit entblößt.[1]

[1] Was Sprache kann: vieles. Was Sprache nicht kann: das Wichtigste. Kann niemanden mitnehmen in die Gewalt. Kann Sie an die Hand nehmen, Sie mitnehmen in Kinderzimmer, an Wohnzimmer, an Küche, an Bad, kann Ihnen zeigen Farben, Gelb und Lichtpunkte, kann Ihnen berichten: Klang krachender Körper, knackender Knochen, kann Ihnen auf die Zunge malen Blutgeschmack: Full-bodied first impressions, robust richness, unbalanced depth, metal, musty notes and salty smears, earthy hints, acidic overtones and a toasty edge, lingering coarse aftertaste of melted butter, salt, baking spices, prunes, black pepper, fear. Kann anheften Worte an Bewegungsabläufe: ausrutschen (haha), abschwarten, boxen, brennen, dreschen, drücken, prügeln, schlagen, schütteln, stoßen, treten, werfen, würgen. Kann berichten vom Beben, vom Bibbern, vom Blitzen, vom Pochen, Puckern, Pulsieren, vom Klingeln, vom Sirren, vom Stechen, vom Zittern, vom Ziehen, vom Zischen. Von der Starre kann sie erzählen, von der entsetzlichen Taubheit, von signallosen Nervenenden auf Wange, auf Oberschenkel, auf Bauch, auf Rücken, auf Po, die nach Einschlägen ins Innere noch sprechen: *Beweg Dich nicht. Schalt Dich aus. Gefühl gefährlich. Nichts speichern.*

Die Dunkelheit sagen, kann ich. Die Dunkelheit Tropfen, Die Dunkelheit Fläche sagen, die Dunkelheit wie Kernschatten, *warte, da war was, nicht dahin zurück*, die Dunkelheit wie Tarnkappe, Dunkelheit wie Schirm, wie

Blase. Die entsetzliche Dunkelheit wie sie von flüssig zu Faser zu Verhärtung.

Sprechen von Erniedrigung kann ich, von Beten und Betteln, von Scham. Von Scham, von Schuld. Von Scham, von Schuld, vom Verschwinden.

Schreien von Wut, flüstern von Traurigkeit, wispern von Verletzung, kreischen von Enttäuschung, brüllen von Kränkung, rufen von Entwürdigung, winseln von Schmerzen, schluchzen von Herabsetzung, heulen von Demütigung, wimmern von Versehrung.

All das kann Sprache, all das kann ich mit Sprache. Aber so sehr sich Sprache führen lässt, sich über ihre eigenen Fallstricke führen lässt, sie kann nicht mitnehmen in die Gewalt, kann nicht am Körper, an Ihrem, an Deinem, spüren lassen Einschläge, Risse, Wunden, sehen lassen Gelb und Lichtpunkte, schmecken lassen Blut.

Übersetzen, denkt es. Und da kommt Benjamin mit Pannwitz im Schlepptau an die Stirnsteinwand: *Unsere Übertragungen, auch die besten, gehen von einem falschen Grundsatz aus, sie wollen das Indische, Griechische, Englische verdeutschen, anstatt das Deutsche zu verindischen vergriechischen verenglischen, sie haben eine viel bedeutendere Ehrfurcht vor den eigenen Sprachgebräuchen als vor dem Geiste des fremden Werks.* Wie seine Gewalt verdeutschen, wenn die Sprache seiner Gewalt, wenn sein Werk deutsch? Ehrfurcht auch nicht, im Gegenteil. Übersetzen in diesem Sinn kann sie nicht. Annähern kann sie. Annähern kann ich. Alles Asymptote. Annäherung, Annäherung, Annäherung*. Aber das wäre der Wunsch: Mitnehmen in die Gewalt**.

*Annäherung als Modus für Empfindungen, für Bewegungen, für Gedanken, für Körper: Annäherung an eine Vorstellung davon, wie es sich ohne Gewalt lebt, Annäherung an eine Vorstellung davon, wie Menschsein ohne Gewalt funktionieren kann. Wie geht das,

Menschsein? *Komm, was soll das?*, fragt es, *wie es sich ohne Gewalt lebt? Gar nicht! Nirgends! Solange es Menschen, solange Gewalt usw., das meinst Du doch gar nicht, schreib' doch einfach: Annäherung an eine Vorstellung davon, wie Menschsein ohne seine Gewalt funktionieren kann.* Das meinst Du doch, das meinst Du doch. Meine ich?

** Das meine ich:

Du siehst: Lichtveränderung. Du siehst: Nasenflügel. Du siehst: Nasenhaare. Du siehst: Wangenknochen. Du siehst: Lippeneinzug. Du siehst Augenlider, Wimpern. Du siehst: schwarze Pupillen, um sie herum ozeanische Drehströmung blaugrau, um sie herum rotgezogene Flussarme in gräulicher Trockensteppe. Du siehst: Brauen, blitzförmige Falte zwischen den Augen über der Nasenwurzel. Du siehst: Stirn Furchen, Furchen und kleine Löcher. Du siehst: rechte Hand nach Einschlag. Du siehst Farbkegel vor dem Eigengrau, unterscheidest danach, ob flach oder Faust. Du siehst seinen Körper in Aufruhr, Rotationsgeschwindigkeit zurückzuschrauben, einzudrehen zu neuer Ausholbewegung: Schultern, die sich einziehen, Oberkörper, der sie gegen die Schwerkraft zwingt. Das immer aus Augenwinkel linkes Auge, Schädel zur Seite geschmettert. Du fragst mich: Gab es ein Knacken? Wir hören zurück und hören nichts und sind erleichtert, hören zurück und hören ein Knacken und fragen: Was war das? Nasenbein? Jochbein? Kiefer? Zahn? Wirbel? Nicht abtasten, sagen wir uns, Abtasten gefährlich, warten mit Abtasten, sonst beim zweiten Einschlag Auftreffen auf Hand und Finger kann ins Auge gedrückt werden, nicht gut mit schmutzrandigen Kindernägeln. Wir spüren: zweiter Einschlag oft Wechsel von Faust zu flach, wissen, ihm tut die Hand weh, haben das oft gesehen, das Ausschütteln und die Wut, dass die Schläge seinen Fingern schmerzen. Wir hören: Seine Schreie, oft bis zweiter Einschlag, wortlos, weil Lippen noch eingezwungen über Zähne gezogen. Wir hören manchmal Husten, die Lippen, die den Atem nicht freigeben, ihn zurückdrängen, dass er aus der Nase, Haare dann ganz aufgewühlt, aus den Löchern Projektile Rotz. Läuft über die Lippen dann, der Dreck, und Hand erst das wegwischen, dann noch einmal ausholen. Köpfe jedes Mal zurückgedreht. Wir sehen: Augen Ausholbewegung, Meidbewegungen setzen ein und scheitern: Arme nicht zu hoch vor das Gesicht, sonst erwischt die Faust die Finger, die Finger brauchen wir aber, brauchen wir, lieber Elle, und an der Handwurzel die Finger eindrücken Richtung Brust. Elle ist stark, Elle kann das aushalten. Kann das aushalten besser als Gesicht, das taub jetzt einseitig, Haut unter Shock, lässt keine Signale mehr weiter, Körper absorbiert Taubheit nach innen, schaltet alles auf stumm. Wenn nach zweitem Einschlag mehr, dann keine Gedanken mehr zum Abwehren. Dann Meidbewegungen. Meidbewegungen, bis wir uns einrollen, mit Einrollen Dunkelheit. Mit Einrollen bewegungslos. Atmen nicht vergessen. Luftlos atmen. Aber atmen müssen wir. Nicht zittern. Anstrengung aller Muskeln bis Verschiebung des Zitterns nach innen. Anstrengung aller Muskeln bis Verschiebung des Zitterns nach innen zu Beben. Und bloß kein Geräusch mehr machen. Das ärgert ihn. Geräusche nur nach innen, sprechen nur nach innen, schreien nur nach innen, da gibt es eine Stelle, die jeden Klang aufnimmt, der können wir alles sagen, alles in sie hineinflüstern, alles gegen sie anschreien, bloß nicht laut, bloß nicht laut. Alles nach innen bewegen, Körper versuchen, nach innen zu bewegen. Geht durch Verschwinden in den Boden, verschwinden in den Teppich, durchlässig werden, dass seine Füße durch den Rücken gehen ohne Widerstand. Widerstand ist nicht klug, Widerstand bedeutet Schmerzen. Schmerzen können wir nicht so lange, das wissen wir, also durchlässig werden bis kein Widerstand, durchlässig werden bis durchsichtig. Hilft nicht. Trotzdem da, der Gedanke. Trotzdem da, die Schreie nach innen und das Flüstern. Trotzdem da, die Taubheit, trotzdem da, das Zittern nach innen. Trotzdem da, die Tränen nach innen. Trotzdem da, die Verzweiflung. Trotzdem da, die Traurigkeit. Alles da, alles im Körper, da gibt es noch Platz, irgendwo. Da gibt es noch Platz.

Nach der Gewalt liegenbleiben. Liegenbleiben, nicht bewegen. Nicht bewegen bis letzte Verachtung für jetzt hören. Nicht bewegen, bis Augenwinkel Lichtveränderung rückwärts. Nicht bewegen, bis Schritte hören, die aus dem Zimmer. Stimme hören, die in anderem Zimmer. Stimme, die sich bei C beklagt, wozu wir ihn bringen, wieder. Stimme hören, die in anderem Zimmer am Telefon. Stimme hören, die summt im Bad. Bewegen dann: abtasten. Bewegungen vorsichtig, prüfen, ob alles möglich. Wenn aufstützen, dann über Knie und Ellenbogen. Dann aufdrücken wie Hund, wie Käfer, wie Kind.

Du liegst neben mir im Wimmern. Du bist mit mir in der Gewalt.

XXXV. Als Abbruch von Sprache, die nicht *pschhht!*, die nicht Schweigen als Wegschweigen, Schweigen als Verschweigen. Es gibt eine Gewalt, die Sprachlosigkeit als Wertung: die sagt: nicht wichtig. Die sagt: Prellung, Bluterguss, Quetschung, Läsion, Schürfung, Wunde, Schmerz, Demütigung, Betteln, Tränen, Angst, Verzweiflung, Scham, Schuld: nicht der Rede wert. Wenn nicht der Rede wert, wozu Sprache?

Es gibt Gewalt, die Ausdruck.[XXXVI]

[XXXVI.] Ausdrucksmöglichkeiten Verben: ausrutschen (haha), abschwarten, boxen, brennen, dreschen, drücken, klatschen, prügeln, schlagen, schütteln, stoßen, treten, werfen, würgen.

Variationen mit *ver*: verprügeln, versohlen, verdreschen, verhauen, vergreifen, verkloppen, vermöbeln usf.

Variationen mit ein: einprügeln, eindreschen usf., Variationen mit verpassen: Tritt verpassen, Schlag verpassen usf.

Variationen mit um: umwerfen, umstoßen, umtreten, umboxen, umschlagen usf.

Es gibt Gewalt als in der Gewalt sprachlos.[XXXVII]

XXXVII. Vor der Gewalt: einfachste Worte verlassen den Mundraum: „bitte“, „nein“, „hör auf“. Variationen, wenn Kraft: „hör auf! nein! bitte!“, „bitte! hör auf! nein“! „nein! bitte! hör auf!“, „bitte! nein! hör auf!“, „hör auf! bitte! nein!“ „nein! hör auf! bitte!“ – ohne Wirkung, also Vereinzelung: „nein“ „bitte“ „hör auf“.

In der Gewalt: Rufe hinter Stirnstein. Stille nicht aushalten. Rufe hinter Stirnstein nicht aushalten. Gedanken rennen gegen Stirnstein wie Mauer, wollen in Sprache zur Welt, wollen in Sprache einschreiten in Gewalt, wollen in Sprache einschreiten gegen Gewalt. Formulieren auf dem Weg zur Stirnsteinmauer zur Welt Worte und Sätze, scheitern und werden Laute, die immer wieder abprallen am Stirnstein, zerbersten an der Grenze, Satzsplitter, Wortscherben der unsichere Untergrund der rasenden Gedanken, die weiter rasen gegen Stirnstein, werden aufgespießt von Splitter und Scherben, kommen nicht weiter, türmen sich zu einer zweiten inneren Wand auf, zwischen den Wänden Stirnstein Innenscherbenturm Tosen, Sirren im Zickzack jetzt, suchen Wege zu längerem Anlauf und scheitern, prallen ab und spießen sich auf, Zwischenraum immer enger, stoßen aufeinander, zerteilen sich, zerteilen sich, bis keine Strecken mehr im Kopfreaktor, zerteilen und sirren und rennen und aufspießen und tosen, bis Gedanken nur noch Dröhnen, nur noch Ton, Druck nur noch, Druck, Druck, Druck, bis eine der Wände sich zu biegen beginnt, zu biegen nach innen, zu biegen nach außen, Risse im Stein vom Biegen, Bröckeln im Stein, Bersten nach innen: Druckverteilung auf den Körper, Absorbtion in Fleisch, Druckwelle in Knochen, bis überall: Beben.

Seine Gewalt ist monolingual.[XXXVIII, XXXIX]

[XXXVIII.] Erinnerung an Ringen mit eigenen Worten[1]. Schutzsprache gegen die andere Sprache im Suchen nach Vokabular. A immer im Vorteil, in einer Sprache, die ich verstehe, aber kaum beherrschen kann.

1 As Gewalt ist deutsch. Bellt deutsch, beschwört deutsch, brummt deutsch, brüllt deutsch, droht, dröhnt, faucht, flucht, grummelt, knurrt, lärmt, murmelt, murrt, rattert, raunt, raunzt, rauscht, ruft, schäumt, schmettert, schreit, schweigt, wütet, zischt: deutsch. Das aber bis zwölf nicht die Sprache meines Alltags, das nicht die Sprechsprache mit Freund*innen, mit Lehrer*innen, mit D oder mit E. Mit D und E englisch, immer. Mit Freund*innen englisch, immer, mit Lehrer*innen englisch, immer. Im Lesen, immer. Im Schreiben, immer. Deutsch auch nicht meine Denksprache, geschweige denn Fühlsprache. As Gewalt ist deutsch. Meine Sprache damals englisch, Sprache als Schutzsprache. Bis heute: Übersetzung von Fühlsprache. Denksprache heute: zweigleisig und mehr Gleise und immer mehr. Dabei Entgleisungen. Im Lesen zweigleisig und mehr, im Schreiben: Zweigleisig und mehr, nur hier nicht. Hier Übersetzungsleistung. Schutzsprache schlägt ein Wort vor, muss übersetzt werden. Nicht abfärben, einfärben lassen, die Schutzsprache, nicht einfärben, bevor sie ihre Funktion verliert*. Zweigleisig und mehr, nur hier nicht. Hier eingleisig mit Gabelungen, wenigen.

* Muss sie gegen sich manchmal auch schützen, muss ihr in meinem Denken verbieten zu sagen: *tough love* zum Beispiel. Die Vorstellung von Gewalt als Ausdruck von Liebe kann mein Denken nicht, sagt dann zur Schutzsprache: Vergiss das, sagt das ganz bestimmt,

und klappt nicht, aber ändert auch nicht die Balance zwischen Schutz und Schutzlos. In der Sprache der Gewalt geht das: „Weil ich Dich lieb habe." Das sagte A zu B.

Oder muss ihr in meinem Denken verbieten zu singen:

Hush, little baby don't say a word
Papa's gonna buy you a mocking bird
And if that mocking bird don't sing
Papa's gonna buy you a diamond ring
And if that diamond ring is brass
Papa's gonna buy you a looking glass
pschhht! pschhht! pschhht!

Oder muss ihr verbieten, Erklärungen zu liefern, die in sie einbluten aus der Vatersprache:

London Bridge is falling down, falling down, falling down
London Bridge is falling down, my fair lady

– Lady Gomme hypothesises that the nursery rhyme refers to child sacrifices: Children were killed and placed in the foundations to protect the bridge. The bridge falling can only mean that children must now be sacrificed to compensate for the oversight.

In 2007, child bones were found under the bridge piers during construction work on the London Dungeon.

XXXIX. Monolingual, angereichert mit dem Lexikon der Sünde: Da ist das Wort, überraschend spät in Ausführlichkeit, nur einmal angesprochen bisher, und doch ragt dieses Wort wie Scherbe aus Hand: Sünde. Kindheit in Dauerbeobachtung eines Wesens, das alles, das Vater, das straft, wenn Sünde, das Grund und Begründung, das A immer rechtfertigt, das B immer zur Zerstörung freigibt. Das Buch der Gewalt mit jedem Ziehen der Lippen über die Zähne unausgesprochen als Grundton der Gewalt. Das Buch der Gewalt, das Gewalt belohnt. *Im Namen von*, lese ich, höre ich, wenn es um die Beziehung von Religion und Gewalt geht, *im Namen von, im Namen von*, und etwas in mir lacht dann – es wird nicht Gewalt im Namen von Religion ausgeübt: Religion fordert Gewalt, fördert Gewalt, ist Gewalt, und das Wort, das fordert, gestattet, aufruft, ist Sünde. Sünde nicht nur Religionen überlassen, Sünde Weltanschauungen geschenkt, neue Bücher der Gewalt neben dem Buch der Gewalt: Mein Kampf, Das Kapital, Worte des Vorsitzenden Mao Tsetung, Das Grüne Buch des Muammar al-Gaddafi, Ruhnama, Den Lille Røde Bog For Skoleelever, wie viele mag es noch geben, die Sünde übernehmen, adaptieren, verfeinern? Das Buch der Gewalt und das Lexikon der Sünde. In Brave New World die Ermächtigung von John the Savage, der ausruft: "But I don't want comfort. I want God, I want poetry, I want real danger, I want freedom, I want goodness. I want sin." Ermächtigung in die Ohnmacht, die bitterste Aussage, dass ein Mensch das möchte, neben Lyrik, echter Gefahr, Freiheit, Güte: Sünde.

Als Kind die Sprache der Sünde auf die Zunge geträufelt bekommen:

- Sprüche 12,1: Wer Zucht liebt, der wird klug; aber wer Zurechtweisung hasst, der bleibt ein Narr.
- Sprüche 13,24: Wer seine Rute schont, der haßt seinen Sohn; wer ihn aber liebhat, der züchtigt ihn bald.
- Sprüche 19,18: Züchtige deinen Sohn, solange Hoffnung da ist; aber laß deine Seele nicht bewegt werden, ihn zu töten.
- Sprüche 20,30: Man muß dem Bösen wehren mit harter Strafe und mit ernsten Schlägen, die man fühlt.
- Sprüche 22,15: Torheit steckt dem Knaben im Herzen; aber die Rute der Zucht wird sie fern von ihm treiben.
- Sprüche 23,13–14: Laß nicht ab, den Knaben zu züchtigen; denn wenn du ihn mit der Rute schlägst, so wird er nicht sterben; du schlägst ihn mit der Rute, aber du errettest ihn vom Tode.
- Sprüche 29,15: Rute und Strafe gibt Weisheit; aber ein Knabe, sich selbst überlaßen, macht seiner Mutter Schande.

- Exodus 8,5: So erkennst du ja in deinem Herzen, dass der HERR, dein Gott, dich züchtigt, wie ein Vater seinen Sohn erzieht.

- Hebräer 12,6ff.: Denn wen der Herr lieb hat, den züchtigt er, und er schlägt jeden Sohn, den er annimmt. Es dient zu eurer Erziehung, wenn ihr dulden müsst. Wie mit Kindern geht Gott mit euch um. Denn wo ist ein Sohn, den der Vater nicht züchtigt? Seid ihr aber ohne Züchtigung, die doch alle erfahren haben, so seid ihr Ausgestoßene und nicht Kinder. Wenn unsre leiblichen Väter uns gezüchtigt haben und wir sie doch geachtet haben, sollten wir uns dann nicht viel mehr unterordnen dem Vater der Geister, damit wir leben? Denn jene haben uns gezüchtigt wenige Tage nach ihrem Gutdünken, dieser aber tut es zu unserm Besten, auf dass wir an seiner Heiligkeit Anteil erlangen. Jede Züchtigung aber, wenn sie da ist, scheint uns nicht Freude, sondern Schmerz zu sein; danach aber bringt sie als Frucht denen, die dadurch geübt sind, Frieden und Gerechtigkeit.

- Deuteronomium 18,ff.: Wenn jemand einen widerspenstigen und ungehorsamen Sohn hat, der der Stimme seines Vaters und seiner Mutter nicht gehorcht und auch, wenn sie ihn züchtigen, ihnen nicht gehorchen will, und wenn ihn Vater und Mutter ergreifen und zu den Ältesten der Stadt führen und zu dem Tor des Ortes und zu den Ältesten der Stadt sagen: Dieser unser Sohn ist widerspenstig und ungehorsam und gehorcht unserer Stimme nicht und ist ein Prasser und Trunkenbold, dann sollen ihn steinigen alle Leute seiner Stadt, dass er sterbe.

- Römer 6,23: Denn der Sünde Sold ist der Tod.

- Exodus 21,15: Wer Vater oder Mutter schlägt, der soll des Todes sterben.

- Sprüche 3,11-12: Mein Sohn, verwirf die Zucht des HERRN nicht und sei nicht unwillig, wenn er dich zurechtweist.

- Markus 10,14: Lasset die Kinder zu mir kommen und wehret ihnen nicht, denn solchen gehört das Reich Gottes. Wahrlich, ich sage euch: Wer das Reich Gottes nicht empfängt wie ein Kind, der wird nicht hineinkommen.

- Sprüche 20,11: Schon einen Knaben erkennt man an seinem Tun, ob er lauter und redlich werden will.

- Markus 9,47: Und wenn dich dein Auge verführt, so wirf's von dir!

Es ist besser für dich, dass du einäugig in das Reich Gottes eingehst, als dass du zwei Augen hast und wirst in die Hölle geworfen.

- Offenbarung 21,8: Die Feigen aber und Ungläubigen und Frevler und Mörder und Hurer und Zauberer und Götzendiener und alle Lügner, deren Teil wird in dem Pfuhl sein, der mit Feuer und Schwefel brennt; das ist der zweite Tod.

- Epheser 5,1: So ahmt nun Gott nach als geliebte Kinder.

- Matthäus 19,14: Lasset die Kinder und wehret ihnen nicht, zu mir zu kommen; denn solchen gehört das Himmelreich.

Seine Gewalt hat Verwandtschaft, die bezeichnet wird in Sprache.[XL]

XL. Bezeichnet durch Systematisierung, Einordnung, Zuschreibung. Bezeichnungen in Unklarheiten, Unklarheiten in Überschneidungen und Perspektivfragen[1]. Selbst einfachste Teilungen: Strukturell – Personal | Physisch – Psychisch scheitern an innerer Verwandtschaft. Scheitern an Kategorienvermischung: zu personaler Gewalt gehören u. a. absichtliche Verletzung von Menschen, Freiheitsberaubung, sexueller Missbrauch, Vergewaltigung, Sachbeschädigung, Diebstahl, Vandalismus. Scheitern im Denken, Scheitern an Sprache: An Konnotationsspektren. Es muss ein neues Lexikon der Gewalt her, knirscht es zwischen den Zähnen beim Schreiben. Seine Gewalt als Beispiel: Seine Gewalt ist nicht häuslich. Häuslich. ˈhɔɪ̯slɪç. Häuslich ist Staubwedel und Tortenspitze, ist Essigreiniger und Ohrensessel, ist Fernsehtisch und Garderobenständer, Kiefernholz. Horkheimers „miese Kleinbürger" klingeln um das „häuslich". „Zum Haus gehörend" – Besitz und Eigentum. Seine Gewalt gehört nicht zu einem Haus. Ist nicht gebunden an ein Haus. Wirkt über das Haus hinweg, *maybe it's everywhere.*[1] Seine Gewalt ist nicht häuslich[2,3].

Zweites Beispiel, seine Gewalt als Beispiel: Seine Gewalt ist nicht Missbrauch. Einwortohrwurm Missbrauch: Missbrauch. Miss|brauch. [ˈmɪsˌbʁaʊ̯x].

Missbrauch wie: Gebrauch von etwas für einen Zweck, für den es ursprünglich nicht genutzt werden sollte.

Alkoholmissbrauch, Amtsmissbrauch, Arzneimittelmissbrauch, Asylmissbrauch, Datenmissbrauch, Drogenmissbrauch, Ermessensmissbrauch, Handelsmissbrauch, Leistungsmissbrauch, Machtmissbrauch, Medikamentenmissbrauch, Rechtsmissbrauch, Schlafmittelmissbrauch, Sozialhilfemissbrauch, Tablettenmissbrauch, Verfahrensmissbrauch, Vertrauensmissbrauch.

Missbrauch wie: Gebrauch von Kind für einen Zweck, für das es ursprünglich nicht genutzt werden sollte. Missbrauch wie: Eigentlicher Bestimmung zuwiderlaufend gebrauchen; in unredlicher, unerlaubter Weise gebrauchen, benutzen.

Dann, bitte, erklären Sie: *Zweck*, erklären Sie *Bestimmung*, erklären Sie *eigentlich*, *ursprünglich*, erklären Sie *genutzt*, erklären Sie *Weise*. Es muss ein neues Lexikon der Gewalt her. Seine Gewalt ist nicht Missbrauch. Ist seine Gewalt, meine.

[1] Siehe alles.

[2] Versuche es immer wieder, lade mir mit Büchern Ideen ein, Überzeugungen ein, Erklärungen ein – nichts hilft: Setze mich an den Schreibtisch, Benjamin schlurft durch das Zimmer, schiebt die Brille zurecht, spricht von *Temporalität der rechtssetzenden Gewalt*; schüttle den Kopf. Arendt setzt sich zu mir, reicht eine Zigarette, sagt *Gewalt als extreme Manifestation von Macht*, da mischt sich Žižek ein, zupft an seiner Nase, fährt sich mit der Rotzhand durchs Haar, rumpelt *radikale Veränderung in sozialen Systemen*; nicke betreten, Žižek schniefend ab. Tariq Ali berauscht mit Worten wie *Freiheit und Widerstand*, aber seine Gewalt als Auflehnung? Gegen wen? Mich? Sich? Beides? Quatsch. Fanon hinter dem Vorhang, tritt hervor, schlägt vor *Kolonisation des Geistes* – das zur Metapher ausgerollt? Nein, wirklich nicht. Foucault legt die Ellenbogen auf die Knie, surrt seidig, *Ausdruck biopolitische Macht*; nein, nein, nein. Pinker wallt herüber, sagt *Gewalt zur Vermeidung größerer Gewalt* und *beste Zeit, ein Mensch zu sein*; bringt uns das weiter? Nein. Galtung im Schneidersitz, wirft mit Wachsmalkreide ein Dreieck auf den Fußboden, *direkt, strukturell, kulturell*; finde das hilfreich, ärgere mich über die Gleichwinkligkeit $\alpha=\beta=\gamma=60°$; nein, so ist es nicht – Galtung schmollt, mag nicht mehr malen. Byung-Chul Han kommt: *Virtuelle*

Gewalt!; pffffff. Butler: *oszillierende Referenzrahmen*; ja, ja, ja – naja aber, das hilft mir nicht. Struktur, Struktur, Struktur: Alle schreiben, sprechen von Gewalt im politischen Kontext, sprechen von Gewalt als Struktur, schlimmer: Substanz – es muss die entsetzliche Lücke bleiben.

[3] Dann, in ganz anderem Zusammenhang, empfiehlt mir jemand, ich solle versuchen, die Eigenschaften eines anderen *einzuhausen*, weckt *häuslich* damit im Stirnchor: Einhausen wie Grenze um etwas ziehen, warum dann nicht einfach einzäunen? Da ist doch irgendwas – einfassen, einfrieden, einhegen, eingattern, eingittern, eingrenzen, einpfählen, einplanken, einschließen, einzäunen – nein, nein, nein, *einhausen*. Ein Haus um etwas bauen. Etwas in ein Haus hineinbauen. Versuche das mit seiner Gewalt: Suche geeigneten Ort hinter der Stirn, die Ausschachtung beginnt: Um den Schacht herum Erdreich, das möchte gegendrücken, Schachtwände werden gestützt, immer wieder in die Schächte rein, in die Schächte rein und abstützen. Abgestützt dann Kellerarbeiten, der wird schon gebraucht, Kellerarbeiten heißt zuerst und am wichtigsten abdichten, wollen ja, dass seine Gewalt nicht gestört wird von Grundwasser – *aber was, wenn seine Gewalt Hauptbestandteil des Grundwassers? Schaffe ich es, seine Gewalt aus dem Stirnraumgrundwasser in das Haus hineinzulocken?*, dieser Gedanke ein anderes Mal, erst Maurerarbeiten. Hochziehen, hochziehen, Stein um Stein, und immer darauf achten: Gerade muss es sein! Seine Gewalt mag nicht schief, mag nicht krumm, springt dann dreimal im Kreis herum. Wände, Wände, Zimmer, Stübchen – Platz für Fenster nicht vergessen! Seine Gewalt mag sicher gern rausschauen aus seinem Häuschen. Das Dach dann an der Reihe. Soll ja nicht reinregnen, reinziehen, reinschneien für seine Gewalt –

Wenn es in die Suppe hagelt, ist das Dach wohl schlecht genagelt usf. Richtfest! Lassen wir lieber, seine Gewalt müsste eingeladen, das könnte unangenehm werden. Außen verputzen und weißeln, *Andres, es klopft!*, dann Elektroanschlüsse, Heizungs- und Sanitäranlagen. Wo fließt das dann ab? Wo gehen die Ausscheidungen dann hin? Da gibt es dieses Becken hinter dem Stirnstein, da ist noch Platz, dabei so viel Scheiß schon drin, da wird seiner nicht einsam werden. Verputzen, verputzen und Estrich gießen, dann trocknen. Trocknen, trocknen, trocknen. Auf kleine Risse achten, sofort abspachteln. Treppen und Türen, Bodenbeläge. Türen, Türen, da war doch was: Schlösser! Schlösser, so viele wie möglich, jedes Loch ein Schloss, Schlüssel gleich auf Ring auffädeln, die klingeln so schön mit jedem Schritt. Dann Malerarbeiten: Machen wir es weiß, alles weiß. Schon steht das Haus für seine Gewalt. Aber noch ist es ja nicht schön, noch ist es nicht häuslich, besorge für seine Gewalt Staubwedel und Tortenspitze, Essigreiniger und Ohrensessel, Fernsehtisch und Garderobenständer, Kiefernholz. Ja, das wird der Gewalt doch gefallen? Laden wir sie ein! Das mit dem Einladen ist schwer, wohin nur adressieren? Schreibe, sauber und gerade, lege Linienpapier unter Blanco – ist's schludrig, kommt er nicht. Ist's schludrig, findet er mich nicht. Ist's schludrig, findet er mich. Sende das Blatt an *everywhere*. Da lässt die Antwort nicht lang auf sich warten: Schon hämmert es gegen die Tür. Es wird geöffnet und seine Gewalt tritt ein, die Schuhe auf Fußmatte, die Schuhe auf Teppich, seine Gewalt schaut sich um, nickt, lässt sich Zeit, schaut sich um, nickt, sieht Ohrensessel, setzt sich. Kramt in seiner Tasche, holt raus Tabak, Rum- und Ahornaromaten, Pfeife, Streichholz, bald schon blaue Wispen aus der Glut, atmet ein, atmet aus, *häuslich?*, will ich fragen. Aber lasse das lieber, ziehe vorsichtig Richtung Tür, Schritt für Schritt, greife fest den Schlüsselring, dass er nicht klingelt, lieber leise jetzt, Lärm, den mag er nicht, suche mit Fingerspitzen noch den richtigen Bart zum Schloss, habe den Knauf schon in der Hand, da höre ich ein Gurren vom Ohrensessel, *Rrrjtjeng*, klingt es, *Rrrtjeng*. So häuslich!, denke ich, so heimelig, dass er schon gurrt! Da sitzt die Gewalt und gurrt, schnurrt, purrt, *Rrrjtjeng*. Nein, Moment, noch nicht den Knauf ganz drehen, schau noch mal zurück, schau noch einmal hin, nein, nein, denk an Lots Frau! Wenn Du ihn schon hier hast, schau nicht noch einmal hin, bist Du erst zur Salzsäule erstarrt, steckst Du hier fest mit seiner Gewalt! Quatsch, denkt es in mir, schau noch einmal hin! Also hingeschaut und seine Gewalt im Ohrensessel, zieht am Tabak zwischen den Fingern, Nebel, Dunst und Schmauch und Schwaden – und immer wieder *Rrrjtjeng. Rrrjtjeng, Rrrjtjeng, Rrrjtjeng.* Da stimmt etwas nicht, da verändert sich etwas, werden die Wispen da gelb? Warte, warte, hör noch einmal hin, schau noch einmal hin, *Rrrjtjeng. Rrrr* synchron zum Aufglimmen des Tabaks, *jtj* macht die Pfeife beim Absaugen, die Lippen, die sagen nur – hm? Fragen meine Stimmbänder und meine Lippen, das wollte ich nicht. Seine Gewalt schaut mich an, seine Gewalt legt die Pfeife aus der Hand, kein *Rrrrtjt* mehr, seine Gewalt stützt sich ab, drückt sich an den Armlehnen in die Höhe, steht bald. Steht und schwillt an. Hände zuerst, dann alle Gliedmaßen, Rumpf, Kopf, aus seinem Mund bald: eng. Eng! ENG! EEEENNNGGGG!!! Seine Gewalt wächst und wächst, reißt die Decke, reißt das Dach, EEEEENNNNNGGGGG!, platzt die Fenster, platzt die Türen, zieht die Lippen über die Zähne, Sprache endet, Zittern in den Nasenlöchern und Fäuste, ochsengroß, regnen vom Stirnsteinhimmel.

Seine Gewalt lässt sich nicht einhausen. Seine Gewalt ist nicht häuslich.

Seine Gewalt bedeutet Sprache in Erklärungsnot.[XLI]

XLI. Bedeutet in der Sprache Kreislauf von Anlauf und Abbruch. Noch vor den W-Fragen versucht Sprache, Bedeutung zu begreifen. Versuche das immer wieder, versuche seine Gewalt in Sprache zu fassen. Nehme Anlauf, stürme manchmal, als sei mir ein Ziel vor Augen, mit einem zusammengesammelten Lexikon Gewaltworte auf der Schulter auf etwas zu, fühle mich manchmal schon wie *gleich da*, da brechen mir die Beine weg, und der Versuch bleibt das: bleibt Versuch, der in meinen Gedanken umbenannt wird zu Abbruch. Abbruch. Wiederholung. Abbruch. s. o., s. u. Das macht Sprache auch hier, will dabei nicht abbrechen, will weiterrennen, will noch einen Versuch und noch einen und noch einen Versuch – es muss doch gehen. Nimmt das Lexikon Gewaltworte von der Schulter, kramt und wühlt, wirft Worte vor sich, stochert zwischen Morphemen, fingert Flexionen, zieht sich Buchstaben auf die Zunge und zuzelt Phoneme, zirpt und zwitschert Tonhöhen, agitiert Akzente, von eins auf zwei, von drei auf eins, kommt nicht weiter, kommt nicht weiter. Vorsichtig das Wort im Zentrum abtasten: Gewalt. Gegen das Licht halten – jede Kurve schon vertraut, aber Bedeutung kommt da nicht zum Vorschein, es muss doch etwas geben, das ich noch nicht gesehen habe, etwas, das jetzt zu sehen sein muss nach allem, was ich in den Buchstaben schon erkannt habe. Es muss doch, muss doch, muss doch! Weiter schauen, weiter schauen. Oder ist es wie bei dieser verdammten Katze, eingesperrt im Kasten mit radioaktivem Atom, Detektor, Hammer, Gift – sobald hinschauen, sobald beobachten, sobald messen, dass ich jedes Mal schaue und Abbruch folgt? Weiter schauen, trotzdem, suche nach Nähten in den Buchstaben, es muss sich doch etwas darin verbergen. Finde nichts, wie Kind das Wort zum Mund, mit Zunge betaste die Bäuche der

Buchstaben, schlürfe die Schulter des a, mit spitzer Zunge steche in beide geschlossenen Punzen a und e, schmiere Speichel auf gestreckten G-Hals, schlucke die Schlinge unter seinem Steg. Keine Bedeutung, nur Geklingel Gewalt. Würge es hoch, bis Zunge mit Gewalt bedeckt, spreche sie anders, spreche Kewalt Chewalt Gäwalt Gäwält Gevalt Gephalt Gewalth – bleibt Gewalt. Verschiebe Akzent von zwei auf eins, Géwalt und wieder zurück: Gewált. Wiederhole, Gewalt Gewalt Gewalt Gewalt Gewalt Gewalt Gewalt Gewalt Gewalt Gewalt, bis semantische Sättigung einsetzt[1], temporärer Bedeutungsverlust, besser: Bestätigung Bedeutungslosigkeit. Solange seine Gewalt zwischen allen Fasern vibriert, zwischen allen Zellen pulsiert, wie soll ich Bedeutung festhalten können? Spucke das Wort Buchstabe für Buchstabe zurück auf die Schulter zur Anreicherung: Je mehr es vom Lexikon absorbiert, desto stärker die Annäherung. Vielleicht.

[1] Leon Jakobovits James benannte dieses Phänomen das erste Mal 1962*, schlug die semantische Sättigung vor zur systematischen Desensibilisierung bei Phobien: *Wie ist es nochmal in der Schutzsprache mit der Polysemie der Büffel?*, fragt flirtend Sprache, denke Buffalo buffalo Buffalo buffalo buffalo buffalo Buffalo buffalo, Satz gebaut von William J. Rapaport, Hochschullehrer an der University at – Buffalo, natürlich, in Ablenkung übersetzt als Büffel aus Buffalo, die von Büffeln aus Buffalo geärgert werden, ärgern Büffel aus Buffalo. Müsste doch auch mit Büffeln wie lernen gehen? Büffel aus Buffalo, die mit Büffeln aus Buffalo büffeln, büffeln mit Büffeln aus Buffalo. Geht natürlich nicht, nicht einmal Annäherung.

*Erklärungsnot bedeutet immer auch Ablenkung. So sehr Sprache auch nicht abbrechen möchte, möchten andere Regionen hinter dem Stirnstein sich umso mehr einbringen, schleudern Zahlen ins

Aufmerksamkeitsgetriebe: 1962, eins neun sechs zwei, Quersumme 18, langweilig, naja, Het-Yud, Chai, חי, aber damit ist ja noch nicht Schluss, eins hoch neun plus sechs hoch zwei: Primzahl! 3.7 x 10^1 haha, 37 Quersumme 10, langweilig, schnell durch die Mersenne-Maschine jagen, 2^{37-1}=137438953471, ist teilbar durch 223, also nichts Mersenne, langweilige Primzahl Normaltemperatur Mensch – wo war ich? 37. Ordnungszahl Rubidium, leicht entzündliche 37, kaum Anwendungen, aber Rubidium-Oszillatoren können für Atomuhren benutzt werden – Uhren, Uhren, Zeit, da war was, warte, worum ging es noch mal? Eins neun sechs zwei ... 1962, Sterbejahr für Kreisler, Eichmann, Sutcliffe, Faulkner, Monroe, Roosevelt – Eleanor, nicht Franklin D., der 1945, aber eins neun vier fünf, da waren wir nicht, waren bei eins neun sechs zwei ... eins neun sechs zwei ... 1296 Schaltjahr, 1629 Puritaner setzen nach Neu England über, um dort zu purifizieren, 1269 fällt mir nichts ein, 1926 Elizabeth Alexandra Mary Windsor wird geboren, Harry Houdini stirbt, 1692 Schaltjahr – nein, darum ging es nicht; worum dann, worum?

Natürlich: Gewalt.

Seine Gewalt erzählt ihn als Opfer.[XLII]

XLII. Da ist das Wort. Opfer. ˈɔpfɐ. Jahrzehnte später lerne ich, das Wort zu vermeiden im Sprechen von anderen. Schreibt kultische Bedeutung zu, sagte man mir, verstand ich[1]. Verstand ich nicht. Vermeide es trotzdem, verstand es. Verstand es, weil meine Gewalt meine Gewalt ist, seine Gewalt, in der er Opfer ist, er sich wehren muss gegen mich, reinigen muss von mir. Verstand es, weil meine Gewalt sich so erzählt. Als Opfer erzählt sich seine Gewalt. Jahre später schreibe ich ein Buch, in dem seine Gewalt geschrieben wird, geschrieben wird von mir, *because it's everywhere*. F berichtet nach dem Erscheinen, A habe es gelesen, sie haben darüber gesprochen. *B inszeniert sich als Opfer*, habe A gesagt, berichtet F. Seitdem kein Wort mehr gesprochen. Heute verstehe ich: Meine Gewalt, seine Gewalt, erzählt sich als Opfer, erzählt mein Schreiben als paradoxe Täter-Opfer-Umkehr, erzählt mein Schreiben als Besitzumkehr. Heute verstehe ich. Heute verstehe ich nicht.

> [1] Denke Isaak, klar, und Langeweile packt mich, und Wut gleichzeitig, denke an die Geschichten gehört, gesungen, gedacht, die versuchen, Avrahams Verblendung zu rechtfertigen, Wut darüber, wie oft ich mitgesungen, denke an Jiftach, der gelobte, das Erste zu opfern, das ihm bei seiner Rückkehr aus der Schlacht gegen die Ammoniter begegnete, sollte er als Sieger aus jener Schlacht hervorgehen. Er kehrt als Bezwinger des Hauses Amon zurück, und als Erstes rennt ihm seine Tochter entgegen; sie muss folgerichtig geopfert werden, sie stimmt der Opferung sogar zu, wird also geopfert. Von den Tanach-Schreibern bekommt Jiftachs Tochter trotzdem keinen Namen. Ich nenne sie Yael. Denke Ahab, nicht den Walfänger-Captain, seinen Namensgeber, der seinen Sohn als Bauopfer ... Denke Tollund-Mann und

Codex Tudela, Tzompantli und Vitzliputzli, *Auf dem Haupt trug er den Lorbeer, Und an den Stiefeln glänzten Goldne Sporen – dennoch war er nicht der Held und auch kein Ritter, London Bridge is falling down, may fair Lady* usf.

Seine Gewalt fordert Sprache ein.[XLIII]

XLIII. Stehe dort. Im Flur. Im Flur vor seiner Tür. Hinter der Tür Arbeitszimmer. Arbeitszimmer und Deutschlandfunk über Kurzwelle nachts. Arbeitszimmer und Deutschlandfunk über Kurzwelle nachts und Tastengeklapper. Stehe dort. Finger am Türrahmen, Füße auf Teppichboden, Zehen suchen Raum zwischen Fasern und Holz, kraulen dort zunächst richtungslos, schieben dann schweren Stoff nach hinten, dass er Welle wird, lassen los und sie kracht zurück auf das trockene Holz. Stelle mir vor, sie krachten über meinen Kopf, stelle mir das schön vor, stelle mir vor Wasser, das luftlos macht, Wasser, das in Nasenlöcher und dort brennt, stelle mir vor und lasse die Welle krachen. Mache das oft hintereinander: Zehen schieben schweren Stoff, dass er Welle wird, lassen los und sie kracht zurück auf das trockene Holz. Das immer wieder, während ich dort stehe. Macht ein Geräusch, die Welle. Kein Krachen, klingt wie Schaben, klingt wie trocken, klingt wie Juckreiz. Macht ein Geräusch unter Deutschlandfunk über Kurzwelle und Tastengeklapper. Das alles ist eingeübt. Er weiß, dass ich dort stehe. Erwartet mich, seitdem er in das Zimmer gegangen ist. Er weiß es und er hört es. Hört das Schaben, klingt wie Juckreiz, und er wartet ab, bis das Geräusch ihn wütend macht. Anwesenheit anerkennen erst, wenn wütend. Dann: Gewalt.

Gewalt erzählt sich als gerechtfertigt.[XLIV, XLV, XLVI]

[XLIV.] Sage ich Gewalt, meine ich seine Gewalt, die sagt, *weil Du*, die sagt *Deine Schuld*, nicht unterscheidbar, ob im Sinne einer moralischen Kategorie oder als Beschreibung einer Konsekutivfolge, die ausgeht von Deine, also Du, also ich, also mir. Ich habe etwas getan, das seine Gewalt folgerichtig macht. Ich habe etwas getan, das seine Gewalt erklärt. Ich habe etwas getan, das seine Gewalt als gerechtfertigt erzählt. Ich habe etwas getan, ich habe etwas *angestellt*.

[XLV.] Setzt neu an. Widerspricht sich. Erzählt Grenzen. Stellt dann Grenzüberschreitung fest. Stellt Grenzüberschreitung fest, ohne vorher Grenzen zu erzählen. Mich das oft gefragt, frage weiter: Wäre es nicht möglich gewesen, seiner Gewalt ganz zu entgehen durch anderes Verhalten? Nimm das doch einfach an: Es gibt ein Bild, dem entsprochen werden sollte, warum dieses Bild nicht als Dein Bild akzeptieren? Dich nach diesem Bild formen? Dann müsste seine Gewalt ein Ende finden. Aber so funktionierte seine Gewalt nicht. Es wurde nie ein Bild formuliert. Es wurde nie gesagt: So stelle ich mir Dich vor. Ich weiß, ich weiß, Entfaltung, Selbstbestimmung usw. – das weiß ich alles, aber lassen wir das beiseite: Es gab nie ein solches Bild. Auch keines, das hätte rückwärts entstehen können: Dort, die Leinwand: Dort, der Strich: falsch, Gewalt, Bild entsorgen, neues Bild beginnen, den Strich nicht setzen. Ah, dort ein Tupfer: falsch, Gewalt, Bild entsorgen, neues Bild beginnen, den Tupfer nicht setzen. Die gesamte Farbkomposition: falsch, Gewalt, Bild entsorgen, neues Bild beginnen, Farben nicht verwenden. Im Gewaltzeitalter unendlich viele Versuche, mich neu zusammenzusetzen nach Ahnungen von Bildern. Keines der Bilder je ganz fertiggestellt, immer im Versuch schon der Abbruch, muss immer Abbruch kommen, weil jede Gewalt auch Veränderung des Ausgangsmaterials bedeutet – aber trotzdem immer wieder Versuch, immer vergeblich, immer falsch, also Gewalt.

XLVI. Sage ich Gewalt, meine ich seine Gewalt, die sagt, *weil Du*, die sagt, *Ich anstelle dessen, der schaut und straft, der immer schaut und immer straft*. Aufwertung seiner Gewalt Richtung Unendlich.

Seine Gewalt bedeutet, seine Gewalt zu suchen.[XLVII]

XLVII. Oft, sehr oft: Bs Anwesenheit anerkennen erst, wenn wütend. Wenn Gewalt ihr Ziel erkennt. A schweigt über Stunden, Stunden, als sei A nicht da. Schweigt über Tage, Tage, als sei B nicht da. Schweigen über Tage bedeutet, dass B Schweigen nicht aushält. B spricht A an, A erkennt Bs Anwesenheit nicht an. A sucht Bs Gewalt, um zu wissen, dass er noch da, dass er noch B. Also stellt B allerlei an. Rechnet mit As Gewalt dabei, ruft sie herbei, beschwört sie herauf.

Seine Gewalt bedeutet, seine Gewalt zu suchen, bedeutet noch etwas anderes: Bedeutet, die Intensität der Hinwendung suchen. Nie ist As Hinwendung ganz bei B, außer, As Gewalt übernimmt die Führung. Dann ist B in jeder Bewegung gemeint, in jedem Atmen gemeint, in jedem Schreien gemeint, gemeint mit jedem Schlag, gemeint mit jedem Einschlag. B möchte liebgehabt werden, spürt keine Intensität außerhalb der Gewalt. Findet nur dort das, was liebhaben doch bedeuten muss, dass alles nur sich dreht um zwei, um A und B und um das, was sie teilen in diesem köstlichen Moment. Das sucht B. B sucht As Gewalt. „Weil ich dich lieb habe“, das sagte A zu B.

Gewalt schreibt sich ein in den Körper.[XLVIII]

XLVIII. Schreibt sich sichtbar als Narben in den Körper. Kaum Buchstaben. Viele Gedankenschritte. Manche Punkte. Trennungsstriche. Unsichtbar als Knochennähte vom Wiederzusammenwachsen. Eigene Notation, jeder Strich, jeder Punkt, jeder Trennungsstrich, Knochennaht mit eigenem Referenzrahmen.[1] Schreibt sich ein in Bewegungsabläufe. Lehrt Defensivbewegungen[2].

[1] Die Nase hast Du ja. Das sagt der Großvater, als ich ihm von meinem Giur erzählte. Selbstverständlichkeit Stereotyp, Selbstverständlichkeit von der noch von Braun überzogenen Zunge. „Die hatte ich nicht immer", gehe ich darüber hinweg. *pschhht!*, ruft es gleich, aber kein Zeuge ist dabei bei unserem gemeinsamen Laufen, dann sage ich, „die hat A gemacht". Meine damit Handrücken, meine damit Knöchel gegen Nasenbein, Ring als Abdruck auf der Augenbraue, meine damit Resonanzraum Nebenhöhle, meine damit den Klang Baumstammbrechenindoublespeed. Höre Kindersprache aus meinem Mund: gemacht. Höre aus Großvatermund: „Was hattest du denn angestellt?"

[2] Bewegungen vornehmlich der äußeren Extremitäten: Arme, Hände mit Geschwindigkeit vor Kopf halten; Arme, Hände verschränken und Rippen decken; Arme, Hände verschränken und Leber, Magen, Solarplexus decken*. Meidbewegungen: ducken**, ausweichen*** rennen****, krabbeln*****, kriechen******. Schreibt sich in den Körper als Einsicht ein: Wenn Du immer wieder zurückkehren musst, ist es keine Flucht.

* die meisten Stellen, die meisten Organe noch nicht benennen können, sie als Farben verstehen und anhand

der Schmerzphänomene differenzieren können, Schmerz, Wirkung, Farbassoziationen Variationen Verläufe von Gelb zu Rot – Schläfe: dumpf bei Kontakt, Erschütterung, Gleichgewichtsstörung, Benommenheit, Gelb zu Orangerot – Leber: dumpf bei Kontakt, wird sofort zu Ziehen, Shock setzt ein, Gelb zu Hochrot – Magen: scharf bei Kontakt, Instantanübelkeit, Luftnot, Gelb zu Karminrot – Solar Plexus: heiß bei Kontakt, instantane Luftnot, Ohnmacht, Gelb zu Weinrot – Kehlkopf: dumpf bei Kontakt, Atemnot, Grunzen, Wimmern, Winseln, Aufheulen, Jaulen bleiben aus, Schlucken bleibt aus, Speichel läuft aus dem Mund, Braunrot –

** Bewegung vornehmlich des Oberkörpers: Mit Geschwindigkeit Kopf oder Oberkörper einziehen Bewegungslinie nach unten. Bewegung mit Möglichkeit der selbstbewussten Ausführung.

*** Bewegung ohne vornehmlich. Kann sein: Mit Geschwindigkeit von der Hüfte aus den Oberkörper verziehen. Kann sein: Mit Geschwindigkeit von den Knien aus den Torso wegdrehen. Bewegung mit Möglichkeit der selbstbewussten Ausführung.

**** Bewegung ohne vornehmlich: Mit Geschwindigkeit Knie weit nach oben reißen, Bauch- und Gesäßmuskulatur anspannen, Becken nach hinten kippen, Füße in schneller Folge Kontakt aufnehmen, Kontakt abbrechen lassen. Vorfuß belasten. Vor allem Adrenalin in die Beine denken, in die Füße denken, nach vorwärts denken, weg denken. Eines denken: weg. Bewegung ohne Möglichkeit der selbstbewussten Ausführung. Bewegung, die Aufschieben bedeutet.

***** Bewegung ohne vornehmlich: Mit Geschwindigkeit auf Händen und Knien fortbewegen. Auf Ellen und Schienbeinen. Körperteile der linken und rechten Körperseite entgegengesetzt bewegen. Erste Erinnerung an meine Gewalt an seine, kurz nach dem Wechsel von allen vieren zum Laufen. Unsicher, ob vorher schon. Sicher, dass vorher schon. Krabbeln nicht aus Unfähigkeit zu laufen, Krabbeln weil Treppen, Krabbeln weil am Boden schon, Krabbeln weil Abstandsnotwendigkeit vor Aufrichtungsmöglichkeit. Bewegung ohne Möglichkeit der selbstbewussten Ausführung. Bewegung der Anerkennung der Aufgabe. Bewegung der Anerkennung der Erniedrigung. Bewegung als Tierbewegung. Als Insektenbewegung. Als Spinntierbewegung. Als Krebsbewegung. Bewegung der Anerkennung der Reduktion auf Tier.

****** Bewegung ohne vornehmlich: Ellen und Ellenbogen ziehen Körper ohne Heben vom Untergrund. Schultern ziehen linke Körperseite, rechte Körperseite ohne Heben vom Untergrund. Kopf nicht erhoben. Linke Gesichtshälfte, rechte Gesichtshälfte auf dem Untergrund. Füße schieben Körper ohne Heben vom Untergrund. Ohne Geschwindigkeit, keine Kraft für Geschwindigkeit. Keine Kraft für andere Bewegung. Bewegung nach Aufgabe. Bewegung gegen Widerstand des Untergrunds. Bewegung als Besitzausdruck. Bewegung als Eingeständnis. Bewegung als Erniedrigung.

ZÄSUR

Es ist September, Ben und Ana sind zu Besuch. Spät ist es geworden. Hell- und dunkelbraune Flüssigkeiten fließen lachende Kehlen hinunter. Es ist laut: Dr. John flirtet aus der Wohnzimmerecke, *I got medicine to cure all y'alls ills, I got remedies of every description; Gris-Gris gumbo ya ya, Hey now, hey now, Gumbo ya ya* ~ rrrrrrriiiiiing! rrrrrrriiiiiing! Dr. John vom schreienden Telefon ins Schweigen gejagt, der Bildschirm leuchtet blau auf, buchstabiert Es Namen. Hinter Stirnstein sofort Aufregung: Es Mann ist krank, Es Kinder? *Rangehen, nicht besorgt sprechen*, sagt es hinter Stirnstein, *Ruhe vermitteln.* Blick zu Ben und Ana, flüstere, „gleich wieder da", E ans Ohr gedrückt und auf die Terrasse. „Moment", sage ich in Es Richtung, Reflex: Einhändiges Tasten der Hosentaschen, Zigaretten liegen gelassen, noch mal rein, aufsammeln, Ben und Ana küssen sich, lachen, als ich in den Kuss reinplatze mit nikotinsuchenden Händen. „Tststs", mache ich in ihre Richtung, mehr Lachen, zu E: „Bin gleich ganz da, entschuldige"; etwas braune Flüssigkeit kann nicht schaden, also E zwischen Schulter und Ohr geklemmt und Glas mitnehmen. Auf der Terrasse, Glas abgestellt, Zigarette zwischen den Lippen, Schutzsprache angeschaltet, endlich: "Hello, E", und sofort wissen, das strahlt keine Sicherheit aus, das sagt nur: *hier ist B, betrunken, Du hörst die braune Flüssigkeit mitsprechen.* „Hallo", kommt es von E, Schutzsprache ausgeschaltet, ihre Stimme kehlig, belegt, von Tränen rau, „Was ist denn?", frage ich, und das sagt ihr nur: *Du machst mir Angst.* „Sag mal, ist Jenai da?", fragt E, „Wolltest Du etwa mit ihr sprechen?", lache ich, aber das Lachen sagt nur: *B lacht nicht wirklich, B denkt, dass Lachen Ruhe ausstrahlt, und weil B Tränen hört, will er das ausstrahlen, für Dich, E, will sagen, B ist ja da, alles wird gut.* Zigarette angezündet und kein Lachen mehr. „Quatsch", kommt es von E, sie räuspert sich, dann: „Bist Du alleine?" „Nein", antworte ich, und das Nein klingt wie eine Frage; der Blick ins Wohnzimmer wie um mich zu vergewissern, dort Ben, seine Hand unter Anas Hemd, schön sieht das aus, denke ich, „nein, nein", dopple das Nein gleich, sollte das erste wieder fragend klingen. „Okay", sagt E, räuspert sich wieder, „hör mal, A ist tot".

CUT

Nick Cave in der Ecke, *And in a way I'm hoping to be done with all this weighing up of truth.* Ben und Ana am Tisch, E-Worte klingen nach: „Fahrrad", „Herzversagen", „sofort tot". Gieße braune Flüssigkeit auf braune Flüssigkeit, die Zigarette brennt nicht mehr, schnell eine neue zwischen die Lippen, Ben schaut besorgt, „alles okay?", und ich frage mich, wie sage ich, *A ist tot*? Sage ich *A*? *Mein Vater*? ~ rrrrrrriiiiiing! P leuchtet auf, As zweite Frau, drücke sie weg. „Hey, alles okay?", Bens Hand auf meinem Arm ~ rrrrrrriiiiiing! P wieder. Weggedrückt wieder. *An eye for an eye and a tooth for a tooth.* „Ja. Tut mir leid, muss nur kurz telefonieren, gleich wieder da."

CUT

Ps Nummer über die Anrufliste wählen. Was sagen? Hinter Stirnstein E, „A ist tot", am Ohr Wählton A in zwei Vierteln, ist das Freizeichen in Schottland anders als in England? Ablenkung beiseiteschieben: Was sagen? Es tut mir leid? *Hallo, Du hast seit Jahren nichts von mir gehört, jetzt rufe ich an, um Dir zum Tod Deines Mannes zu kondolieren?*

Ton knackt, "Hello?" – Kinderstimme vom anderen Ende. P und A haben zwei Söhne. Wollte nicht mit Kind sprechen, wollte nicht einmal mit P sprechen. "hello, who's there?" – Kind spricht in der Schutzsprache, "Hi, here's B", von mir. "Who? Who's there? Hello?" Höre über 1.140 km Digitalleitung die Verwirrung, die meine Stimme auslöst: Sie ist As Stimme. Nicht zum Verwechseln ähnlich, sie ist As Stimme. Identische Tonlage,

Grundton E im großen Oktavraum beim Sprechen, Mondulationsrsaum bis Cis. Schiebe hinterher, "A's Son" – bescheuert. Sohn zwei spricht mit Sohn fünf, stellt sich vor als Sohn, dass Sohn fünf bloß nicht denkt, es sei sein toter Vater – wessen? – am anderen Ende. Bescheuert. Wir teilen die erste Silbe unseres Namens, A und P rufen ihn wie ich mich seit England; der erste Versuch gescheitert, wurde ein neuer Anlauf mit einem neuen B genommen. Ignoriere seine Verwirrung, jetzt nicht die Zeit für Erklärungen, "Can I speak to your mummy?" Sage *mummy*, weiß dabei gar nicht, wie er P ruft. "Wait", höre im Hintergrund P, „Wer ist das?", auf Deutsch, Sohn fünf: „Weiß nicht."

CUT

Ich erreiche Jenai nicht, rufe immer wieder an, keine Antwort. Plötzlich schießen Tränen mir in die Augen. A hasst Tränen. Ben legt seine Hand auf meinen Rücken, der zuckt und schüttelt und zuckt, sehe aus Augenwinkel Erschrecken, sehe aus Augenwinkel Sorge, sehe aus Augenwinkel Zuneigung, sehe aus Augenwinkel Beileid in Bens Augen. Dabei keine Tränen Verlust, Tränen Trauer – Tränen Wut. Aus den Lippen "fuck" und Wut aus den Augen, Tränenform, und Narben von As Händen brennen. Brennen Schlüsselbein, brennen Nasenbein, brennen Augenhöhle, brennen Lippe, sage „Narben am ganzen Körper" und hasse die Stimme, die das sagt. Dabei Tropfen Wut aus Augen. Körper kennt das nicht. Kennt nicht Tränen, kämpft mit Wut, und hinter Stirnstein schon schreit es *pschhht!*

CUT

Mit Tod im Kopf, Schreien hinter Stirnstein, Erinnerung, Erinnerung, Erinnerung, Narbenbrand, Swipen im Kalender, Flüge raussuchen. „Ich will nicht hin", sagt der Sohn.

CUT

E hat mir die Nummer des Priesters gegeben, der As Beerdigung durchführen wird. Spricht geschäftig, bis das Wort "funeral" mich für ihn einsortiert. "Oh, of course, B, thank you for calling." Bedankt sich, ohne zu wissen, warum ich anrufe, nimmt etwas an, spricht das aus: "I hear you joined the Jewish faith", seine Ölstimme langsam, "I'm Jewish, if that's what you mean", antworte ich knapp. "If you like, I could ask a rabbi to join us", "that's very kind but that won't be neccessary", höre ich meine Stimme sagen, im Kopf zischt es "fuck you". Vom anderen Ende tropfen Worte wie "solace" wie "grief" wie "mourning" über meine Ohren hin zum Stirnstein, es tropft und tropft, bis ich verstehe: Er möchte mich trösten, Trost spenden. "Sorry", sage ich zwischen zwei Tropfen, und ich denke, er muss den Auslaut des "fuck you" noch gehört gehaben. "Listen, I'm not in need for pastoral care, I wanted to briefly talk before you write your sermon." Irgendwas kommt von der anderen Seite, das höre ich aber nicht, denn hinter Stirnstein macht es *pschhht!*, so laut, ein Chor von *pschhht!*, der kracht gegen Stirnstein, und mit ihm Erinnerung um Erinnerung, Narbenbrand und Zittern, *pschhht!* vermischt sich mit sssssiiiiiiinnnnn, dann aus meinem Mund: "I would like you to be respectful of the fact that my father was a violent man."

CUT

Flüge sind gebucht, E hat ein Haus gemietet, alle werden zusammen dort sein, letzte Recherchen zu Einreisebedingungen, die wechseln täglich. Zugverbindungen vom Flughafen nach St. Andrews rausgesucht, für Tochter Wäsche gewaschen und zusammengelegt. Im Büro und sagen, ich werde nicht erreichbar sein, weiß dabei, dass sie trotzdem schreiben, es ist ja schließlich nicht ihr Erleben. Staple Zettel, da wieder das Telefon: rrrrrrrring! Ps Name leuchtet auf, das tut er oft in diesen Tagen, sie spricht in Graden glaubhafter Gebrochenheit. Stimmlage heute anders: Klar, gefasst, kurz, Amtsleiterinnenduktus. „Es geht darum, wer den Sarg in die Erde lässt." Sehe As Hände die Sargwände auseinanderreißen, seine Hände aus dem Boden brechen, nach meinem Hals greifen. „Ich weiß nicht, ob ich dafür der Richtige bin." „Ich würde mir wünschen, dass die, die A zur Ruhe legen" – Ruhe? Kennt P ihren toten Mann nicht? Für A, für seine Gewalt, gibt es keine Ruhe. Etwas Kindisches ruft hinter Stirnstein: „A soll keine Ruhe haben, auch nicht im Tod!"

„B?" – habe den Rest ihres Sprechens nicht gehört, „Verbindung war schlecht, könntest Du noch mal, bitte?" „Ich würde mir wünschen, dass die, die A zur Ruhe legen, das mit einer Haltung der Liebe und des Respekts tun." Ich lege auf.

CUT

Mit Jenai in London. Sitzen draußen, kalt ist es geworden, bestellen braune Flüssigkeit, ein Glas nach dem anderen. Sprechen nicht viel. Können das auch gar nicht: Telefon klingelt immer wieder, Menschen am anderen Ende sprechen Trauer. Sprechen Erinnerungen. Sprechen Betroffenheit. Sprechen Wünsche. Sprechen sprachlos. Sitze dort und höre und mache „mmh" und sage „o.k." und hinter Stirnstein brüllt es, „halt die Fresse, halt die verdammte Fresse!" Jenai ist an den Tresen gegangen, da schreit das Telefon wieder: C. Sie hat mit E gesprochen, mit D, mit F, mit P, möchte jedes Gespräch mir zusammenfassen. Halte Geduld zusammen bis F, dann schießen Tränen Wut mir in die Augen, wieder. Will die wegmachen, geht aber nicht. Das hört C. Ihre Stimme wechselt von Berichts- zu Trostlage: „Du darfst auch trauern", sagt sie, und aus Wut Träne wird Wut heulen, wiederhole immer nur „fuck" „fuck" „fuck". „Du darfst auch trauern", wieder Cs Stimme, mein Körper jetzt ganz Zittern, aber das darf nicht, zwinge Zittern zum Beben, zwinge Stimme mit tiefen Atemzügen zu Kälte. „Hör auf, ich trauere nicht", sage ich, Stimme Stahlbad. „Nein?", fragt C, und ich kann mir ihr Gesicht vorstellen, besorgt, verwirrt, wie sie die Augenbrauen hebt und ihre Mundwinkel nach oben mitgezogen werden. „Nein.“ „Aber Junge, was ist denn?“ „Ich weine, weil ich wütend bin. Weil er so einen einfachen Tod hatte.“

CUT

B, C, D, E, F, Tochter, Es Mann, Jenai – alle in einem Haus, jede*r für sich, jede*r allein. Alle suchen Gründe, Gruppen zu bilden – Gruppe eins: E, Es Mann, Es Kinder. Gruppe zwei: C, D, F. Gruppe drei: B, Jenai, Tochter. A wird in eine Kirche gebracht, da möchten Gruppen eins und zwei hin, da möchte Gruppe drei nicht hin.

„Das ist doch die Herde“, sagt Jenai, wenn sie traurig ist, weil ihre Kinder nicht da sind. *Das ist doch die Herde*, denke ich, Zeug*innengemeinschaft plus x, plus x macht, dass *pschhht!* – *pschhht!* zum Greifen, steht vor jede*m, die Kinder verstehen das nicht, es ist doch schön, wenn die Zeug*innengemeinschaft versammelt ist. Es ist doch schön, wenn die Herde zusammenkommt.

Schön.

CUT

Schon wieder P am Telefon. Ich könne mir A vor der Beisetzung noch anschauen, wenn ich das unbedingt wolle. „Danke“, sage ich. „Warum willst Du das überhaupt?“, fragt sie nach kurzer Pause, ihr Ton sagt, dass ich übergriffig, dass ich kein Recht. Zu müde, um zu antworten, stottere etwas von Verbindung, lege auf, dabei hinter Stirnstein: „Ich will seine Hände sehen. Ich will sehen, dass er mir nicht mehr wehtun kann.“

CUT

Es gibt einen historischen Friedhof. Dort wird A nicht begraben. A ist nicht historisch. Für A gibt es einen Friedhof außerhalb der Stadt. Busse fahren dorthin. Busse beladen wie Tourenbusse Historisches zu sehen, und bald schon auf dem Friedhof. Der Priester singt etwas; sich zu, nicht den versammelten Menschen. Dann werden die sechs Personen gerufen, As Sarg hinabzulassen. Stehe in der Mitte zwischen zwei fremden Männern; mir gegenüber F, mir gegenüber Es Mann, mir gegenüber ein fremder Mann. Greifen auf ein Zeichen nach Seilen.

CUT

Warum waren wir überhaupt in London? Weil Tom gestorben war. War geplant, dass ich endlich an sein Grab könne, nachdem ich meine Traueransprache bei seiner Beerdigung nur über Bildschirme geben konnte. Trauer, die zerreißt mich immer noch. That thing with feathers. Dann starb A, platzte in die Trauer ein. Also Rundreise: London, Oxford, ans Grab, für einen Nachmittag zu E nach Cambridge, wieder Berlin für einen Tag, St. Andrews dann mit Tochter. An Toms Grab Tränen ohne Wut, fühlt sich schön an, Tropfen, die rauschen, wenn Lider klipp-klapp, und Blumen eingepflanzt und Brief unter Stein gelassen. Rundreise Tod.

CUT

Von As Freunden, immer nur Männer, ist niemand zu seiner Beerdigung gekommen.

CUT

Google Maps zeigt eine 18 Minuten lange Schnur durch St. Andrews. Es regnet. Gehen zu Fuß. Straße, Gasse, Straße, und Tochter findet alles schön. Notizbuch drückt gegen Brust, Hände zittern, greifen immer wieder in die Tasche, um zu sehen, dass der Stift noch da ist, sind jedes Mal überrascht, dass dort zwei, auch noch identisch, hatte einen zweiten gekauft ohne Grund. Dort vibriert es, Bestatter am Telefon: "Just wanted to make sure you're coming", "On our way right now", "O.k., and would you like me to open the casket for you? Just so I can prepare". "Yes, please."

Füße Tochter *skipping*. Kein Wort dafür im Deutschen: zwischen Rennen, Hüpfen, Gehen, Kinderbewegung Freude. Tochter mag Fremdes, das mag ich. Laufen, laufen und stehen bald in einem Gewerbegebiet, blaue Schnur ganz kurz, führt zu einem Bungalow in Lila. *Das kann es doch nicht sein*, denke ich, oder sage ich, aber das ist es. Neben Bestattungsunternehmen Kiosk, da hat Tochter etwas Süßes in der Auslage entdeckt, Jenai sagt, sie können Süßes schauen, wenn ich A schaue. Kaufen Kaffee und Kakao an einer Tankstelle, Kaffee, zwei Löffel löslich, Milchkarton an den Tassenrand und Fluss weißer Flüssigkeit abzählen, one, two three, Zahnstein. Türen automatisch, alles lila – Teppich lila, Sofagarnitur lila, Tisch lila, Bestatter Binder lila. Bestatter gibt mir die Hand, zeigt Jenai und Tochter Sofagarnitur lila zum Setzen. Zieht sich näher an mich, "I took a look at Dad, he's not looking all too well". Bestatterzunge schwerer Brogue-Einschlag. Hinter Stirnstein, *Warum spricht er über seinen Vater?* – dann, *er meint A*, dann, *natürlich sieht er nicht gut aus, er ist tot.* "His lips, you see", sagt der Bestatter, "Dad's been gone for a while, and his lips may look a little fuzzy". Schönes Wort, *fuzzy*. Aber wieder, er eignet sich A an, was soll der Unsinn? "I left the casket closed for now, you can decide whether you'd like to see Dad. His lips, you see." "Thank you", sage ich, blicke zu Jenai und Tochter. Letztere schiebt Pfefferminze in Bestatter-CI über den Tisch. Auslagen, Broschüren dort, die flüstern, "Peace of Mind Cremation", "Finding Peace", dazu hilfreiche Flyer, "Digital End of Life", "Think ahead with pre-payment plans". „Ihr müsst hier nicht rumsitzen", sage ich knapp. „Ich rufe an, wenn ich fertig bin". Klingt, als sei ihre Anwesenheit Störung. Klingt, als habe ich Jenai nicht gefragt, ob sie mitkommen könne. Klingt, wie ich es meine. Klingt nicht, wie ich es meine. "Whenever you're ready", sagt Bestatter, meint damit, er ist ready. Laufe ihm hinterher. Erwarte Tastengeklapper und meine Füße suchen Teppich zum Schieben in spitzen Schuhen.

CUT

„Der Papa ist tot, ne?" D hält meine Hand beim Spaziergang, drückt immer wieder, sagt „Der Papa ist tot, ne?", wie „Wird bald wieder gut, ne?". „Ja", antworte ich nur. „Gut", sagt D. Nicht wie „gut, dass er tot ist", sondern „Gut", wie: „Gut, dass Du es auch weißt". „Kommt jetzt in den Himmel, ne?" Ich antworte nicht. „He!", sagt D und drückt wieder: „Kommt jetzt in den Himmel, ne?"

„Das musst Du C fragen."

CUT

Im Ohr *Fuck you, too / Your scream's a whisper / Hang on, you twisted transistor*, Geschmiere von C zu G zu F7, Hände halten Stoff, four-in-hand, automatisierte Abläufe im Schuljungenkopf: Drape the tie around your neck. Extend the wide end 12 inches below the narrow end of the tie. Cross the wide part of the tie over the narrow end. Turn the wide end underneath the narrow end. Continue wrapping the wide end around the narrow end by bringing it across the front of the narrow end. Pull the wide end up and through the back of the loop. Hold the front of the tie knot with your index finger and bring the wide end down through the front knot. Tighten the knot by holding the narrow end and sliding the knot up. Center the knot. Gedanken an Tom mit dem Seil um seinen Hals. Falscher Toter. Stop.

CUT

Kinder dürfen nach 21:00 nicht in einem Pub sein. Also Fish'n'Chips-Shop mit allen. Bemühte Gespräche zwischen Dosenbieren, so vielen, dass die Bedienung am Ende zwitschert: "all gone, dear."

CUT

"You can put something in the casket, if you like", sagt Bestatter. Kam nach einigen Minuten, versuchte noch, alles wieder hinter Stirnstein zu zwingen. "I can?" "Yes, if there's something you'd like Dad to have." Was für ein Unsinn. Warum etwas in den Sarg legen? Dann der Gedanke: Ich lege ihm den zweiten Stift in den Sarg. An die Brust.

CUT

Speichel. Dort vorn hat gerade ein Chor gesungen. Jetzt spricht E über A, und in meinem Kopf nur ein Wort: Speichel. [ˈʃpaɪ̯çl̩]. Erinnerung macht Bild: Speichel, wie er aus meinem Mund läuft, während ich meinen Körper zwinge, nicht zu weinen. As Hand gegen meinen Mund gepresst, mich still zu machen, As Hand um meinen Hals, um mich nicht atmen zu machen, Speichel läuft gegen seine Hand an. Es Stimme bricht und Träne aus Tochters Auge. Nicht, weil A tot ist – weil Es Stimme bricht. Tochter kann nicht ohne Tränen sehen, dass E mit Tränen kämpft. Auch das macht seine Gewalt – ich denke nur: Speichel.

CUT

Inventarisieren: ein Stuhl, ein Beistelltisch, kleine Lampe darauf, Taschentücher und eine Bibel. In der Ecke eine Pflanze, mittig im Raum aufgestellt: ein Sarg. Klein sieht der aus. Ist geschlossen. Störung im Raum. "I'll leave you alone", sagt der Bestatter, wartet nicht auf Antwort, geht, zieht die Tür hinter sich fast zu, lässt einen Spalt offen wie ich einen Spalt offen lasse, wenn Kinder krank. Stehe nun da mit dem Sarg. Hinter Stirnstein nicht viel. Setze mich kurz auf den Stuhl, lege die Bibel unter den Beistelltisch. Öffne die Tasche, nehme den Tallit hinaus, lege ihn auf den Tisch. Nehme Stift – *warum sind da zwei?* – und Notizheft und aus der Innentasche, öffne auf leerer Doppelseite, schreibe nichts. Sitze. Warte, dass hinter Stirnstein Tosen, geschehen tut: nichts. Stehe auf, laufe um den Sarg herum. *Wie klein der ist*, der einzige Gedanke. Stehe am Fußende des Sargs. Kiefernholz, grobe Maserung unter Lackschicht, Sechseck. Borten geklebt, Speichelblasen Klebstoff. Laufe an Längsseite entlang, Messingschild bald, auf Höhe der Brust, vielleicht. Geburtsdatum, Sterbedatum, darunter As Name – im Nachnamen fehlen die Umlaute. Muss darüber lachen. Da ist er nun, im Sarg, wird unter falschem Namen begraben. Außer Lachen weiter: nichts. Hinter Stirnstein Stille. Stehe in einem Raum mit einem Sarg in der Mitte. Mehr nicht. Stehe am Kopf des Sargs. Lege ohne nachzudenken die Hand auf das Holz, stütze mich ab. Nichts. So geht das nicht. Verlasse den Raum, Bestatter läuft Flur auf und ab. "Excuse me, would you please open the casket?" "Of course", und er begleitet mich zurück in den Sargraum, denke kurz, ich könne ihm jetzt sagen, dass die Umlaute fehlen, entscheide mich dagegen. Bestatter schickt mich mit knapper Geste auf den Stuhl. Sieht dort Bibel unter Beistelltisch, Tallit obenauf, verzieht das Gesicht. Läuft Längsseite Sarg ab, dreht Messingschrauben, macht Alte-Mann-Geräusche dabei, entfernt einen Teil des Sargs, und dann sich selbst aus dem Raum.

CUT

Vorher ans Meer. Tochter schreibt Herzen in den Sand, Jenai hat Hunger. Mac'n'Cheese Sandwiches – when in Scotland ...

CUT

Laufen zu As Haus, das jetzt Ps Haus. Auf dem Weg eine Stelle, dort Blumen in Plastik, „da wird es gewesen sein“, sagt Tochter. Wir laufen weiter.

CUT

Trete weg vom Sarg, laufe zum Beistelltisch, greife den Tallit: Stand with the folded tallit over the right shoulder, examine the tzitzit. Unfold the tallit and open it wide, kiss its upper edge, swing it around from the position in which it is held in front of you until it is hanging behind you. Gather the two right corners of the tallit, raise them up and place them over the left shoulder; gather the two left corners and bring them up to the left side of the chest. Spreche Kaddish. Lauter als sonst, dabei dränge Erinnerungen zurück.

CUT

Ps Familie ist angereist, sitzen in einem Teil des Zimmers um einen Tisch, Kaffee und Kuchen gibt es. Hauptsache es wird gegessen, dann wissen wir alle, dass wir noch leben. Werde von P als As Kind vorgestellt. Denke das als falsch, bin nicht Kind, bin – ja, was bin ich eigentlich? Grüße um den Tisch, in den Augen von Ps Familie As Erzählungen über mich, Mundwinkel nach unten, Augenbrauen zusammengezogen. As Söhne vier und fünf sitzen im hinteren Zimmer, ein Schachbrett wird aufgebaut, ich setze mich zu ihnen auf den Fußboden, sie weisen mir Schwarz zu, Tochter und ich spielen im Team, in ihren Augen suche ich As Hände, finde nichts. Kind vier ist ungeduldig, wirft Figuren um. Tochter gefällt das nicht, rollt mit den Augen.

CUT

Jenai geht nicht an ihr verdammtes Telefon. Dauergeblinke und Gepiepe, ihre Augen ständig in Pfeilbewegungen zwischen Bildschirmen, I saw the best minds of my generation destroyed by screens usf. – jetzt, genau jetzt, geht sie nicht dran. Stehe auf Balkon und rauche. Kinder schlafen im Zimmer nebenan, Ben und Ana schlafen unten. Tosen hinter Stirnstein und

Narbenbrand. Drücke die Zigarette aus, gehe ins Zimmer, setze mich an den Schreibtisch. Gewohnheit setzt ein, greift nach Stift und Notizheft. „Wie schön Ben ist“, schreibe ich. Sonst nichts. Lege Stift, lege Notizheft weg, Unruhe. Wähle noch einmal und wieder keine Antwort. Gehe runter, vielleicht schläft Ben ja doch noch nicht, und braune Flüssigkeit gibt es noch. Öffne die Tür zum Zimmer, wo Ben und Ana, und sie schlafen, und das sieht schön aus. Öffne die Tür zum Zimmer, wo Tochter und Sohn, setze mich zwischen den Betten auf den Boden. Schaue auf beide, wecke Tochter. „Was ist denn?“, flüstert sie, „nichts“, lüge ich und nehme ihre Hand, ziehe sie hoch ins Sitzen, „schläfst Du bei mir heute Nacht?“ „Okay, Daddy“, sagt sie, trabt vor, legt sich ins Bett, sagt „komm“.

CUT

„Ich würde gern etwas Zeit in seinem Arbeitszimmer haben.“ P nickt, geht vor, stehen in einem Zimmer voller Bücherregale, Tabak auf seinem Tisch, ungewohnte Verpackung, *noch nicht inventarisieren – erst, wenn P das Zimmer verlässt.* Tut P aber nicht. Steht im Raum und macht keine Anstalten, mich allein zu lassen. Steht dort und starrt abwechselnd ins Leere und auf mich. Bräuchte Zeit allein zum Inventarisieren, für Erinnerungen hinter Stirnstein hervorholen an Arbeitszimmer und Deutschlandfunk über Kurzwelle nachts und Tastengeklapper und Teppich mit Zehen in Wellenform. Ps Präsenz macht das unmöglich. Im Raum stehen Fragen. Spüre sie in Ps Blicken, spüre sie in mir: ob sie wusste, ob sie weiß. Dass ich mich schäme, sie nicht gewarnt zu haben, spätestens bei Kindern fünf und sechs. In jeder ihrer Bewegungen, in jedem Blick Vorwurf. Dass ich nicht ans Telefon, dass ich nicht auf E-Mails, dass ich nicht in der Stadt, wenn er. Dass A nicht seinen Enkel, nicht seine Enkelin. *Die verdammte Ungerechtigkeit*, zischt es hinter Stirnstein, und ich versuche ihren Blick auf meine Augen zu lenken, sie folgt und hält ihn und versuche ihr zwischen Stirnen wortlos zu sagen:

„Lass mich allein, ich muss hier allein sein." Aber in ihren Augen Tränen, Tränen Wut. Sie wischt sie weg, A hasst Tränen.

CUT

Jenai weckt mich am Morgen. Tochter nicht mehr neben mir. Von unten höre ich Tochter, Sohn, Jenais Tochter. Jenai hat Kaffee gebracht, ich trinke und rauche, wir gehen zu den Stimmen. Jenais Tochter hat Zimtschnecken in einem Papierbeutel, Zucker macht ihn durchsichtig. Tochter sieht mich und umarmt mich. Um 4:30 hatte Jenai zurückgerufen und Tränen Wut waren da wieder, von denen ist Tochter aufgewacht. „Entschuldigung", flüstere ich ihr ins Ohr. „Schon gut", sagt sie, „Fühlst Du Dich jetzt schlimm?" „Nein." Sohn freut sich, dass Jenais Tochter da ist. Sein lang gefasster Plan, sie für Fußball zu begeistern, geht langsam auf, er erzählt ihr aufgeregt von einem Spiel, das er nie gesehen hat. Ben und Ana. „Sind Ben und Ana schon los?", frage ich, „Nein", antwortet Tochter, Augenrollen dabei, „die schlafen noch, ich muss aber meine Klamotten aus dem Zimmer holen." Also werden Ben und Ana geweckt, sie bekommen Kaffee, Tochter bekommt Klamotten, Jenais Tochter verteilt Schnecken. „Wann gehen wir los?", fragt Tochter, ich hatte versprochen, in den Mauerpark mit ihr zu gehen. „Wir müssen auch nicht", sagt Tochter, sieht mein Gesicht, wie es sich in Anstrengung legt. „Doch, doch."

Stunden später, stehe mit Sohn am Rand des Mauerparks, habe Tochter Geld gegeben, dass sie findet Ringe oder Vinyl, sie findet lila Sonnenbrille. Kopf tut so, als sei nichts, Finger tippen wieder E-Mails an Kolleg*innen. Sohn steht neben mir, trinkt Cola, keine Kraft, nein zu sagen beim Kiosk vorhin. Sohn weiß nicht, was sagen, ich weiß es auch nicht. „Ist nicht schlimm", sage ich. Um uns herum Menschen, er mag nicht laut sprechen, zieht mich zu sich, flüstert mir ins Ohr: „Wenn Du stirbst, wird es schlimm."

CUT

„Ich mache es", sage ich in die Luft. Habe über sie nachgedacht, kam dazu, dass wir, A und B, in einem Raum sind und nicht dieselbe Luft atmen. Weder Geste Liebe noch Geste Respekt: Feststellung, dass wir nicht mehr dieselbe Luft atmen. Nie wieder.

CUT

F am Telefon. F weint. Denke F nicht als Erwachsenen. Nicht an unseren letzten Streit, als er in Berlin war. Denke F als Kind, wie ich ihn geschoben habe im Kinderwagen. Wie ich gespielt habe, er sei mein Kind. Denke an A, wie er Fs Kakao an die Wand wirft: „Da ist Dein verdammtes Zuckerwasser."

„Ich bin da, hörst Du?"

CUT

Habe am Morgen Handschuhe gekauft. Das Seil macht Zerrgeräusch Leder. „Liebe und Respekt", hallt es hinter Stirnstein. Jetzt: weder das eine noch das andere. Hinter Stirnstein nur ein Wort: *Luft.*

CUT

Sargdeckel liegt auf dem Boden. Stehe auf, sehe A und hinter Stirnstein nach Stille jetzt alles gebrochen, alles Erinnerung. Körper in Meidbewegungen, Narbenbrand und Beben von dieser Stelle, die jeden Klang aufnimmt, der kannst du alles sagen, alles in sie hineinflüstern, alles gegen sie anschreien. Beben übersetzt sich in Zittern Hände. Zittern Hände und gehe um den Sarg. Sehe seine Lippen. Verstehe, warum Bestatter warnen musste: Keine über die Zähne gezogenen Lippen – jetzt Lippen lila, Haut zieht sich über die Lippen Richtung Kinn zurück. Dass ausgerechnet As Lippen zuerst verschwinden. Ausgerechnet seine Lippen. Aber etwas stimmt nicht. Kann es noch nicht recht erfassen, aber etwas stimmt nicht.

CUT

Es gibt Sandwiches, es gibt Scones. Trauergemeinde bei As zweiter Famile, erweiterte Zeug*innengemeinschaft: Statist*innen am Ecktisch neben Toiletten mit Sandwich-Scone-Brei im Mund, in meinem Fall geht ein schwarzgekleideter Mr. Walker mit seinem Freund Lucky auf meiner Zunge spazieren. Der Priester kommt an den Tisch, gut geölte Trostmaschine, kommt zu mir, gibt mir die Hand, ich sage etwas, oder Mr. Walker sagt etwas, oder weder noch sagen etwas, dafür der Priester, der lächelt breit und sagt, "Did you know, you have Dad's voice, exactly his voice." Diesmal nicht hinter Stirnstein: "Fuck you."

CUT

Tallit zusammengefaltet, hole Notizbuch und Stift aus der Innentasche. Schreibe: „Angst". Schreibe: „Trotzdem".

CUT

Sitzen auf einer Bank, suchen Taschentücher. E spricht liebevoll. Sie sehen und das verstehen wollen und das nicht verstehen können. Dabei wissen, dass A und E nichtgleich A und B. Verstehenwollen aufgeben und Taschentücher suchen, D ist traurig.

CUT

Drücke Tochter an meine Brust. „Hörst Du das?" „Ja", flüstert sie. „Was hörst Du?", frage ich sie, „Dein Herz." „Und für wen schlägt das?", frage ich sie, „für mich", flüstert sie.

Halte es nicht aus im Trauerraum. Will aufstehen, allen seine Gewalt ins Gesicht brüllen. Jenai nimmt meine Hand, „wir gehen", sagt sie, und wir gehen. Sitzen bald in einem Pub, bestellen braune Flüssigkeit nach brauner Flüssigkeit, mit jedem Schluck Erinnerungen zurück hinter Stirnstein zwingen wollen. C, D und E kommen hinterher. Wollen Trost, in meinem Kopf aber nur Müdigkeit und Wut. Stolpere an die Bar zum Bestellen, Finger suchen in Manteltasche nach Kreditkarte, spüre eine Hand an meinem Arm. Körper zieht Hand zurück, weil alles gefährlich, höre hinter mir "Excuse me". Drehe mich um und sehe dort Frau mit durstigen Augen, die sagt dabei deutsche Zunge: „Ekskuus mie." „Kennen wir uns?", kommt es aus mir in Vatersprache, obwohl Stimme seit Tagen in der Schutzsprache nur eine kleine Terz tiefer im Mundraum schwingen will. „Tut mir leid, ich wollte Dich nicht erschrecken, wollte nur danke sagen", und ich verstehe nichts, macht mich wütend, möchte nur braune Flüssigkeit, in ihrem Blick aber etwas, das macht, dass mein Körper ganz Anspannung. Hand aus Manteltasche, zeigt Richtung Bar, will damit sagen: „Ich will nur trinken, lass mich in Ruhe." Frau zupft meine Hand aus der Luft, presst sie mit warmen Fingern zusammen, schüttle sie weg, und wir stehen dort nun, umgeben von Menschen, die sich vorbeidrängen an die Bar, stehen dort und ich schaue sie an und erkenne sie nicht. Schaue und schaue, erkenne dann etwas an ihr, erkenne jemanden an ihr, erkenne jemanden in ihr: sehe durstige Augen, rieche A. „Danke", sagt sie, und ihre Hände nähern sich wieder meinen, Körper dreht sie aus ihrer Reichweite. Sie spricht etwas, das kommt nicht an hinter Stirnstein, unterbreche sie, „Was soll das?", höre As Zorn in mir angeschaltet, und sehe, das macht ihr Gesicht ganz weich. „Danke, dass ich hier sein darf", sagt sie, und etwas ist da, das ich greifen könnte, da ist noch etwas zwischen uns, und sie spricht weiter, sprudelt, plappert, und aus ihrem Sprechen wird mir klar: Sie ist eine von As Affären.

Spricht und spricht, und hinter Stirnstein Tosen, da ist noch etwas, etwas Schlimmeres, aber warum jetzt? Warum vor durstigen Augen? "Fuck off", sage ich, und mit dem Entgleisen ihrer Gesichtszüge verstehe ich: Es gibt etwas, das verbindet uns, etwas Schlimmeres, etwas, das gedruckt ist in meine Empfindungen, etwas, das nicht – aber eben jetzt, genau jetzt, in diesem Moment doch: Sie und ich.

CUT

Gehe um den Sarg und sehe A und sehe nicht A. Das ist nicht A.

„Ich will sehen, dass er mir nicht mehr wehtun kann", höre ich meine Stimme von vor einigen Tagen, weiß: Das ist nicht A. A in mir. Seine Gewalt in mir. Die wird nicht liegen in einem Sechseck Holz, niemals. Sie lebt weiter. A lebt weiter. Wird liegen mit mir im Sechseck Holz. Erst wenn ich tot bin, ist A tot.

Gewalt bedeutet, Körper lernen.[XLIX, L, LI, LII]

[XLIX.] Bedeutet Aufteilung des Körpers nach Schmerzzonen.[1]

[1] Es gibt eine Unterhaltung, die ich suche nach Alkohol mit Freund*innen, auch mit Menschen, die Bekannte sind, mit Fremden, wenn viel Alkohol: Hierarchisiere Deinen Körper nach instinktiv empfundener Wertigkeit. Nicht mehr überraschend, für viele dieselbe Aufreihung: 1. Kopf, 2. Geschlechtsteile, 3. Herz, 4. Lunge (3 und 4 oft zusammengezogen zu „Brust"), 5. Bauch, 6. Hände, 7. Beine, 8. Arme.

[L.] Körper lernen bedeutet, Körper nach seinem Bild zu formen: Meine Gewalt, seine, heißt im Flur stehen und nicht atmen können. Nicht stören wollen. Nicht stören dürfen. Und vor der Schlafzimmertür von A und C stehen und zittern. Zittern weil keine Luft. Zittern weil Gefühl von Gewicht auf der Brust. Zittern weil „A braucht Schlaf". Zittern weil Angst. Zittern, weil oft Krankenhaus. Zittern, weil oft Krankenhaus und A oft sagt, „Du simulierst". Zittern, weil lange im Krankenhaus warten müssen. Zittern, weil „A braucht Schlaf" und Schlaf nicht möglich, wenn C mit mir lange im Krankenhaus. Zittern, weil wenn A nicht geschlafen: Gewalt.

[LI.] Körper lernen bedeutet Körper in Kommunikation, als Kommunikation lernen. Am einfachsten nachzuvollziehen in Sexualität. In Gesprächen mit Freund*innen lernen von ungelenken Versuchen, Reaktionen an einem anderen Körper auszulösen. Lust zu bereiten, Lust zuzubereiten, aufzugreifen, aufzubereiten. Das nicht meine Gedanken. Seine Gewalt bedeutete lange Zeit, Körper abschalten. Körper ausschalten. Berührung ablehnen, selbst wenn sie stattfindet. Das entscheidet der Körper selbst, kennt das nur so, schaltet sich ab, schaltet sich aus, lässt sich nicht zu Reaktionen locken, verlocken, lässt keine Lust an sich oder mit sich bereiten, zubereiten. Sagt stattdessen: Körper auf taub stellen. Dann ist es nicht so schlimm. Versteht nicht, dass Körper etwas anderes als Schmerzzonenschaltkreis. Etwas anderes als Schmerzzonenschaltkreis bedeuten kann. Ungelenke Versuche bedeuten für mich, seine Gewalt ist mit jeder Berührung dabei: Bedeutet, wundern über den Körper des Gegenübers, der nicht zurückweicht vor Berührung, Körper die und der Berührung möchten und möchte. Verwunderung und Freude darüber. Verwunderung und Freude darüber und Misstrauen. Verwunderung und Freude darüber und Misstrauen und Wut. Wut, weil seine Gewalt bedeutet, das nicht zu verstehen, das nicht instinktiv. Wut aber nicht gegenüber seiner Gewalt, auch das musste gelernt werden, Wut über das Gegenüber. Dass es seine Gewalt nicht mitdenkt, nicht mit in die Berührung einkalkuliert. Reagiert dann auch lange so: wischt Hände weg, zuckt zurück vor Lippen, zittert.

Irgendwann umstellen aller Register: Sexualität als Ausdruck. Keine Entscheidung, einziger Weg, Sexualität zu verstehen. Alles hineinlegen in Sexualität, alle Verzweiflung, alle Verletzung, alle Sehnsucht, alle Sprachlosigkeit, alles, alles, alles, alles[1]. Und dabei immer wieder dieselben Fehler: In jeden Sex mitnehmen, seine Gewalt, die Hände mit den eigenen fest greifen und mitnehmen in fremde Wohnungen, sie mitnehmen in fremde Schlafzimmer, sie mitnehmen unter fremde Decken, sie mitnehmen in fremde Frauen, fremde Männer[2]. Lasse sie jede Bewegung mitführen, Hände mitführen, Lippen mitführen, Zunge mitführen, Hüften mitführen, Beine, Atem, Haut und Haar. Das nie sagen, keinem Mann, keiner Frau: Hier, wir sind bei Dir, ich und seine Gewalt.

[1] Hast du A je kennengelernt, frage ich Jenai an einem Abend. „Natürlich nicht“, sagt sie, und ich denke an meine

Wut, denke an mein Brüllen, denke an die Verletzung, die ich kann, denke an meinen Blick, der eines kann: Schwäche sehen, sage: „Doch."

[2] Erinnerung: Ein Mal Augen öffnen und seine Hände sehen und nicht seine Hände sehen können. Unmöglich, dass seine Hände. Augen öffnen und seine Hände sehen, und sehen meine: In Elenas Haus. Ihr Onkel ist gestorben, den mochte sie nicht. Bin mit auf die Beisetzung gegangen, hatte sie sich gewünscht. Onkel mochte sie nicht, hat ihr überraschend das Haus vererbt, ist jetzt Elenas Haus, da sitzen wir jetzt. Sitzen im Wohnzimmer auf grauer Couch. In der Wohnung Geruch von Gardine und Sandelholz, von Leder und Kartoffeln. Elena und ich kennen uns lange, mögen einander, mögen, wie wir sprechen miteinander, mögen, dass wir uns nie einig sind. Mögen, dass wir gestikulieren im Gegensatz: sie mit breit und raumgreifend, ich mit eng und verschachtelt. Mögen, wie wir zusammen aussehen: Sie bläuliche Haut, wie kasachische Flagge mit 30 % Sättigung, meine Haut beige, wie Parlamentär zu oft mit dunkel gewaschen. Sie spricht über Onkel, ich kenne Onkel nur als vermuteten Inhalt der Holzkonstruktion, die beim Bestatter stand. Kenne Onkel, wie sie ihn sagt, oder besser: Kenne Männer, wie sie ihn sagt. Sie spricht und ich spreche, und das mögen wir, und dann streiten wir, das mögen wir, und dann küsst sie mich. Das mag ich, das mag sie, bald auf der Couch liegen und unsere Körper streiten, das ist lustig, und sie sagt, Augen zu, also Augen zu. Couch fühlt sich nicht schön an gegen die Haut, Cord vielleicht, grau. Macht alles kaputt, Couch und Cord, und möchte nicht mehr dort sein und denke, Fußboden besser, Fliesen müssen sich nicht schlecht anfühlen gegen die Haut, bläulich und beige. Drehe Elena und möchte mit ihr vorsichtig fallen, kann wegen *Augen zu* aber nicht sehen, ob das gelingen kann, das weiß sie nur nicht, und

wir fallen nicht vorsichtig und mein Kopf hart gegen den Boden, ihr Kopf hart gegen meine Brust. Bleiben dort und fluchen und lachen und Fingerflächen über meinen Bauch schon bald, möchte das sehen, denkt es, öffne die Augen und sehe am Bauch nicht bläuliche Hand, sehe: olivgrüne Hand. Seine Hand. Sehe seine Hand. Scharfes Einatmen und Aufschreien und Augen zupressen und Gedanken ausschütteln und Augen öffnen, aber immer noch: Seine Hand an meinem Körper. Gesicht Elena, Hals Elena, Schulter Elena, Brust Elena, bläuliche Haut Elena, nur die Hand dort an meinem Bauch: Seine Hand. Stehe auf, Elena erschrickt, Elena fragt, Elena fragt noch einmal, kann aber nicht antworten, Elena gestikuliert mit breit und raumgreifend, an ihren Armen seine Hände, und raumgreifend macht mir Angst und Zurückschrecken, und Elena stößt mich von sich weg und Elena zieht sich an und Elena wirft mir mit seinen Händen Kleidung zu.

LII. B spürt lange keine Intensität außerhalb der Gewalt. Muss Körper lernen, weil Körper nie gelernt. In der Gewalt alles *full throttle*: alles schnell, alles hell, alles grell, Impulse schießen durch den ganzen Körper, Adrenalinflut in allen Zellen, alles leuchtet, alles brennt. Außerhalb der Gewalt: alles langsam, alles unscharf, alles kühl.

Gewalt hat gegenseitiges Erkennen.[LIII]

[LIII.] Vielleicht ist es das da, die rechte Schulter tiefer gezogen als die linke; das da, der Blick, der zu lange den anderen hält, etwas sucht im Blick, ein Blick, der das Gegenüber unangenehm fühlen lässt; vielleicht ist es das da, der Blick, der keine Augen versteht, der ausweicht, weil Halten des Blicks gefährlich sein könnte. Weil alles gefährlich ist.

Das da, die Reflexe. Erkennen, da ist jemand, der seine Gewalt hat, wessen Gewalt?[1] Gegenseitiges Erkennen und gegenseitige Enttäuschung. Enttäuschung. Bei ihm, bei ihr, wird all das nicht notwendig sein: täuschen, ablenken, ausweichen, verlachen, Nichtsprache, Nichtsprechen, sprechen, meiden, verdecken, schämen, lügen. Aber weil meine Gewalt meine Gewalt ist, seine Gewalt, und Deine Gewalt Deine Gewalt, wessen Gewalt?, bleibt meine bei mir, bleibt Deine bei Dir, bleibt die entsetzliche Lücke, bleibt der Besitz. Bleibt alleine. Vereinzelung. Alienation.

[1] Gegenseitiges Erkennen kann bedeuten, Kontakt aufbauen, vorsichtig, fragen, vorsichtig, sehr vorsichtig: „Entschuldigen Sie bitte, ich sehe da etwas bei Ihnen/entschuldige bitte, ich sehe da etwas bei Dir." Kann auch bedeuten, täuschen: Da ist nichts, oder getäuscht werden: Da ist nichts, kann bedeuten Schweigen. Überlege mir, wie ich antworten würde, wie ich geantwortet habe, wie ich beantworte, meistens: *Ich möchte nicht darüber sprechen.* Dabei möchte ich. Möchte ich? Möchte nicht. Entscheidend: Wenn Antwort auf die Frage Gewalterfahrung „Ja". Dann Annäherung, Asymptotenaustausch.*

Oft ist „Ja" die Antwort. Sehr oft. So oft, dass sich ein Gedanke immer wieder aufdrängt: Es gibt sie überall, die Schläger, die Prüglerinnen, die Erniedriger, die Kleinmacherinnen: Dort gibt es sie, da, da, und da: Der

Sachbearbeiter, die Ärztin, der Bauer, die Polizistin, der Lehrer, die Soldatin, der Schweißer, the butcher, the baker, the candlestick maker, and all of them out to sea. Aber darüber sprechen wir nicht. Darüber spricht man nicht. Weil *pschhht!***

Also Schweigen in der Bahn, Schweigen im Vereinsheim, Schweigen in der Umkleidekabine, Schweigen am Flughafen, Schweigen im Büro, Schweigen in der Kneipe, Schweigen in den Parlamenten.

* Kontakt aufbauen, Fragen, vorsichtig, bedeutet, Körper zu zwingen, Offenheit zu sagen: Finger zwingen, nicht gekrümmt in der Handfläche Schutz zu suchen, Arme zwingen, nicht in der Verschränkung vor der Brust Wärme zu suchen, Beine zwingen, die Knie nicht zu fixieren im Versuch, festen Halt zu finden, Kopf zwingen, Kinn schweben zu lassen, nicht Richtung Brust das Gesicht zu verbergen, vor allem: Augen zwingen, Augen zu finden, gegenzuarbeiten gegen *weil alles gefährlich*, aber Vorsicht, immer wieder Augen wegschauen lassen, Luft lassen für das Gegenüber, Blickvermeidung ermöglichen, Blickvermeidung, die anerkennt: Schau nur, ich weiß, dass alles gefährlich. Aber schau nur, ich – ich bin nicht gefährlich. Das, das sagt der Kopf. Dabei hinter Stirnstein schallendes Lachen: Es gibt niemanden, der so gefährlich ist wie ich. Kenne das alles, kann verletzen wie kein anderer, selbst wenn die Augen sagen: Schau, ich bin nicht gefährlich.

** *privat*, höre ich oft, *was hinter verschlossenen Türen geschieht, darüber spricht man nicht.*

Wie wirksam der ist, dieser schalldichte Raum *privat*.

Wie meine Gewalt, seine, endete[LIV]

B ist fünfzehn Jahre alt und hat etwas „angestellt“. A stürmt in das Zimmer und wirft sich auf Bs Körper, Faust gegen Rippen und Elle drückt auf den Adamsapfel. B spürt Wut, zwischen Gelb und Lichtpunkten blau und B windet sich, befreit beide Arme vom Gewicht, greift As Arm vom Adamsapfel, dann drückt B sein Knie zwischen Brust und As Arm. A erschrickt, über die Zähne gezogene Lippen fallen aus dem Mundraum, Einatmen Ausatmen gestört und Fiepen aus As Mund. A versucht seinen Arm aus Bs Griff zu befreien, aber B ist fünfzehn und unvermutet ist sein Körper stark. B hat As Elle in den Händen, zieht sie an sich, gegen das Knie. Arme ziehen, Knie drückt, As Augen aufgerissen, Fiepen, Grunzen, B drückt mit dem Knie, zieht mit den Armen, B hört, A hört: Abfolge Knacken, Oberton ticken, bald Krachen, Elle zweigeteilt.[LV]

LIV. Gar nicht. Siehe oben, siehe unten, siehe everywhere.

LV. Es gibt hieraus nichts zu lernen. Das Ende banal. Alles, was da einfällt, untertourig, langweilig, entsetzlich langweilig: Gewalt nur durch Gewalt, Männlichkeit, Demonstration von Stärke, langweilig, langweilig, langweilig; oder tragisch – wir drehen uns im Kreis, im Kreis, im Kreis: Hinter Stirnstein platzen neue Begriffe auf, die B in seiner Gewalt nie gehört hatte, die aufgerufen werden als Analysen – toxisch, sagt eine bissige Stimme irgendwo, als bedeute das tatsächlich etwas, greift aber nicht, trifft nicht zu, trifft nicht, ist nicht; möchte jemand vielleicht, der oder die nicht in der Gewalt – denke das, wenn Einworterklärungen beschworen werden: möchten das, und etwas in mir brüllt, weil es einfacher ist, weil es einfach ist, einwortanalysen als eure meidbewegungen, bloß nicht rein in die gewalt, vielleicht können kleine worte einhausen, das alles, wozu du ein neues lexikon möchtest, aber seine gewalt ist nicht häuslich, because it's everywhere, lässt sich seine gewalt nicht einhausen. war nur das, bleibt nur das: Seine Gewalt. Meine.

Abbruch.

Die ersten Zeilen dieses Buches kamen vor einem Jahr. Drei Jahre hatte ich schon in ein anderes Buch gelegt, da kamen die ersten Zeilen. Es gab Gründe, es gab einen Grund.

„Verändert das denn etwas?“, fragt mich Jenai Richtung Ende der Korrekturen. „Ich weiß es nicht“, höre ich mich sagen, dabei kenne ich die Antwort doch: Es ändert gar nichts.

Oder: Es ändert, dass ich diese Stelle geöffnet habe, diese Stelle, die jeden Klang aufnimmt, der kannst du alles sagen, alles in sie hineinflüstern, alles gegen sie anschreien, bloß nicht laut, bloß nicht laut, dass ich diese Stelle geöffnet habe wie eine dünnvernarbte Wunde. Dass ich Worte aus dieser Stelle gezogen, Erinnerungen, sie mir vor Augen geführt habe. Ich habe sie dabei nicht nur betrachtet, gewogen, an- und ausgeleuchtet. Ich habe sie wieder in meinen Körper gelassen. Vielleicht das das erste Mal. Die Wunde geöffnet, bedeutet nur bluten nach innen, und der Körper macht, was er gelernt hat über die Jahrzehnte: Er schiebt Erinnerungen unter die Narbe zurück, verschließt den Stich mit dünnem Schorf.

Dort ist seine Gewalt nicht anders als vorher.

Dafür ist sie hier. Hier, auf jeder Seite. Ich habe ihr ein Denkmal gebaut. Ich habe seiner Gewalt neues Leben gegeben. Ihren Raum erweitert. Und ich sehe seine eingezogenen Lippen, wie sie von seinen Schneidezähnen befreit werden, wie sie sich entspannen, und wie sie sich zu einem Grinsen verformen.

Ich träume den Text, in dem die Gewalt eingehaust werden soll, und sehe mich als sein Haus, an das nun Häuser durch Bücher angebaut werden. Ich sehe meine Hände, die bauen ihm im Tastengeklapper Worte und Sätze, die bauen ihm neue Häuser, die bauen ihm eine Stadt. Im Traum schwelle ich an, seine Gewalt schreit EEEEEENNNNNNGGGGG! Und ich sehe, wie sie mich zerreißt, mich mitspült in die Häuser, die jetzt seine sind.

Sehe seine Lippen, wie sie tonlos sagen: Hast Du wirklich gedacht, Du könntest mich anders sehen, anders spüren, mich verstehen oder verdrängen oder verarbeiten oder vielleicht vergessen auf 157 Seiten?

Siehst Du, wie lächerlich Du bist.

Das verändert das Schreiben über seine Gewalt, über meine.

Dank

Für ihre Augen, ihr Mitdenken, ihr Nachfragen: Odile, Jan
Dafür, dass dieses Buch: Jorghi & Sarah

Für alles
Anouk, Jona, Johanna, Jonas, Anne, Tine, Stephan, Martin, Marlene, Dylan, Andrea, Naina, Till, Caspar, Rafael, Max

Jo Frank lebt als Autor, Verleger und Übersetzer in Berlin. Er ist Mitgründer des Verlagshaus Berlin. Er übersetzte u. a. »Die Erbärmlichkeit des Krieges. Kriegsgedichte von Wilfred Owen« ins Deutsche (2014). In der Edition Atelier erschien zuletzt »Snacks« (2017). jo-frank.com

Erste Auflage

www.editionatelier.at
Cover & Satz: Jorghi Poll
ISBN 978-3-99065-093-6